eit Marie Sonnleitner denken kann, hat sie nur Pferde im Kopf
Sie reitet seit ihrem 13. Lebensjahr; 20 Jahre lang gehörten ihr
wei Haflingerstuten. Nach Abschluss ihres Studiums machte sie
nächst eine Ausstellung in einem Pferdemuseum und arbeitete
r einen großen deutschen Pferdezucht-Verband. Danach wurde
sie Pferde-Fachjournalistin. »Reiterhof Glückstal«
ist ihr erstes Kinderbuch.

Marie Sonnl
Reiterhof Gl
Heubodentage und L

S
z
z
fi

Marie Sonnleitner

Reiterhof Glückstal

Heubodentage und Lagerfeuernächte

Arena

1. Auflage 2018

Einbandgestaltung: Katrin Steigerwald, unter Verwendung von Motiven von fotolia: estherpoon, DoraZett, KatyaKatya, elenamedvedeva, katjabakurova
Gesamtherstellung: Westermann Druck Zwickau GmbH
ISBN 978-3-401-60429-9

Besuche uns unter:
www.arena-pferdebuecher.de
www.arena-verlag.de
www.twitter.com/arenaverlag
www.facebook.com/arenaverlagfans

I

Keine andere Wahl

Warm scheint die Sonne auf die mit Blumen übersäten Wiesen. Ihre Strahlen spielen auf den grünen Blättern der Bäume und zucken auf dem Wasser des Baches, der neben unserem Weg fließt. Weit entfernt presst ein Bauer mit seinem Traktor große, runde Heuballen. Am Horizont leuchten die schneebedeckten Gipfel der Alpen.

Wuschel, Philipps großer Mischlingshund, trabt hechelnd vor uns her. Manchmal bleibt er stehen und schnüffelt aufgeregt an etwas herum, dann wieder schaut er sich abwartend nach uns um.

Eine Frau mit einem kleinen Mädchen an der Hand spaziert an uns vorbei. Mit großen Augen sieht das Kind uns an und lässt sich nur widerwillig weiterziehen. Mit seinem Händchen zeigt es auf uns und ruft: »Schau mal, Mama, Pferde!«

Meine beste Freundin Mia winkt ihm lächelnd zu.

Sobald die beiden Fußgänger weit genug weg sind, dreht sich Philipp, der voranreitet, zu uns um. »Mal galoppieren?«

»Worauf wartest du noch?«, ruft Mia ihm zu.

Ich nehme die Zügel kürzer. Sofort hebt die Stute Samantha ihren schönen Kopf und spitzt die Ohren.

Da geht's auch schon los! Mit großen Sprüngen galoppiert Philipps Haflingerhengst Wotan an. Mias temperamentvolle Stute Merry buckelt übermütig, bevor sie hinter ihm her rennt. Die brave Samantha dagegen schnaubt nur ungeduldig und wirft den Kopf, sodass ihre lange weiße Mähne fliegt. Ich brauche nur mit der Zunge zu schnalzen und sofort spannt sich ihr kräftiger Körper zum ersten Galoppsprung an. Sogar durch den Sattel hindurch kann ich spüren, wie ihre Muskeln arbeiten, während sie schneller und immer schneller wird, bis mir die Geschwindigkeit die Tränen in die Augen treibt.

Mit Wuschel an unserer Seite galoppieren wir an einem Wäldchen vorbei; mit einem kleinen Sprung geht es über den schmalen Bach, an einem alten Heustadl vorbei und einen Hügel hinauf. Oben angekommen, zügelt Philipp seinen schnaufenden Hengst. Wotans goldfarbenes Fell ist schweißnass, doch seine Augen blitzen. Während Wuschel und wir zu ihm aufschließen, scharrt er ungeduldig mit dem Vorderhuf.

Auch ich würde am liebsten immer weiter galoppieren, auf Samantha, der wunderbaren Haflingerstute, die ich seit ein paar Monaten reiten darf. Aber Mia und ich dürfen unsere Pferde nicht überfordern, denn beide erwarten im nächsten Frühjahr ein Fohlen.

Philipp klopft Wotan lachend den Hals. »Ist ja gut, du wilder Bursche.«

Von hier oben aus kann ich schon unser Heimatdorf Gessenhausen sehen. Ich kann sogar den Hof Glückstal erkennen, zu dem unsere Haflinger gehören. Und die Pferde müssen noch ein bisschen Schritt gehen und sich abkühlen, bevor wir dort ankommen. Darum reiten wir langsam weiter.

Mit einem leisen Seufzer lege ich meinen Kopf auf Samanthas Mähne. Wie schnell immer die Zeit vergeht, wenn wir mit den Haflingern vom Gestüt Glückstal ausreiten, überlege ich. Und wie schön das jedes Mal ist!

Niemals hätte ich gedacht, dass ich hier so glücklich werden könnte, als wir im vergangenen Februar umgezogen sind.

Meine Gedanken schweifen zurück zu jenem grauen Samstagmorgen, an dem ich meine alte Heimat verlassen musste. Todtraurig und den Tränen nahe saß ich auf dem Beifahrersitz unseres dunkelgrünen VW Golf. Mein Vater, der das Auto steuerte, hatte dagegen richtig gute Laune. Kein Wunder, er fuhr ja auch einer Zukunft als Professor an der altehrwürdigen Universität Salzburg entgegen. Mir aber fiel der Abschied von meinen Freundinnen, von meinen Klassenkameraden und von meinem Reiterhof, zu dem ich seit Jahren mindestens zweimal in der Woche gepilgert war, entsetzlich schwer. Obendrein machte es mir richtig Angst, dass ich Hunderte von Kilometern entfernt ganz neu anfangen musste, in einem unbekannten, kleinen Dorf namens Gessenhausen. Auch wenn der Ort nach Papas Worten in einer wunderschönen Landschaft lag, in Sichtweite der Alpen und ganz nahe an der österreichischen Grenze. Bestimmt hätte er mich vorher auch mal dorthin mitgenommen, wenn mit seiner neuen Arbeitsstelle nicht alles so furchtbar schnell gegangen wäre.

So war ich buchstäblich auf dem Weg in ein unbekanntes Land. Während die Silhouette unserer Heimatstadt am Horizont verschwand, schaute ich krampfhaft aus dem Fenster, damit mein Vater nicht bemerkte, dass ich doch noch weinen musste. Aber was ich draußen sah, hob meine

Stimmung auch nicht gerade: Nieselregen fiel aus schweren grauen Wolken auf die abgeernteten Felder und ein heftiger Wind krümmte die Bäume und Sträucher an unserer Straße.

Nach einer Weile stupste mich Papa mit dem Ellenbogen an. »Na komm! Es wird dir in Gessenhausen gefallen, da bin ich mir ganz sicher.«

Er hatte es also doch gemerkt.

»Ich hab's dir ja schon mal gesagt: Dort ist es einfach nur schön«, fuhr er optimistisch fort. »Allein die vielen Wälder und Seen und dann die grünen Hügel ...«

Ich seufzte leise. Denn vor meinem inneren Auge sah ich meinen Vater, wie er mit seligem Gesichtsausdruck über eben diese grünen Hügel streifte, um hier ein Blättchen abzupflücken und dort verzückt einen Käfer zu betrachten.

Papa ist nämlich Biologe, und das mit Leib und Seele und allem, was sonst noch so dazugehört. Er hat fast nur Pflänzchen und Viecher im Kopf – langbeinige Spinnen, schleimige Maden, ja sogar Bakterien sind absolut nicht ausgeschlossen. Na gut, an mich denkt er auch öfter, das muss ich ihm schon lassen. Immerhin hat er mich ganz alleine großgezogen. Meine Mutter ist bei einem Verkehrsunfall gestorben, als ich noch ein Baby war.

Jetzt war seine Begeisterung jedenfalls kaum zu bremsen: »Warte einfach mal ab! Spätestens wenn du nachher den Waginger See siehst, kriegst du wieder gute Laune. Es hat schon seine Gründe, dass dort jeden Sommer massenweise Leute Ferien machen. Der Anblick dieser riesigen Wasserfläche mit den hohen Bergen im Hintergrund ist wirklich atemberaubend. Und Gessenhausen liegt ganz in der Nähe.«

Leider habe ich den Waginger See an diesem Tag nicht gesehen. Die Alpen auch nicht. Denn Regen und Wind ließen zwar im Laufe der Zeit immer mehr nach, doch stattdessen wurde es nebelig. Zuerst waren es nur ein paar durchsichtige hellgraue Schwaden, die von allen Seiten auf uns zukrochen. Doch langsam, fast unmerklich zuerst, wurden sie dichter und dichter. Als wir nach Stunden endlich von der Autobahn abfuhren, konnte ich gerade noch erkennen, dass links und rechts von unserer Straße Schnee lag – hoher Schnee, Massen von Schnee, mit Sicherheit mehr als einen Meter hoch!

Ich bin in Bayrisch-Sibirien gelandet, dachte ich und musste schlucken.

»Nur zu deiner Information: Wir fahren gerade am Waginger See vorbei«, sagte Papa leicht verlegen, als sich unser Auto eine Zeit lang durch die undurchsichtige Nebelsuppe gekämpft hatte. Genauso gut hätte er behaupten können, dass um uns herum tropischer Regenwald wachsen würde.

»Ähm ... zugegeben: Die Gegend hier ist ein bekanntes Nebelloch, vor allem im Winter«, fügte er zu seiner Verteidigung hinzu.

Ich atmete tief durch.

Na komm schon, Hanna, schlimmer kann's ja wohl nicht mehr werden, ermutigte ich mich.

Wenige Minuten später, als unser Navi uns auf eine schmale »Straße ohne Namen« führte, geriet meine mühsam erkämpfte Zuversicht aber schon wieder ins Wanken. Der Nebel wurde nun doch allmählich lichter, und so erkannte ich, dass wir durch einen Wald fuhren; durch einen dichten düsteren Wald aus hohen Tannen, deren lange, schneebedeckte Äste fast bis auf unsere Fahrbahn reichten.

Wie eine Ewigkeit kam es mir vor, bis die Bäume endlich einer neuen Schneewüste Platz machten. Zwischen den letzten ziehenden Schwaden konnte ich die Silhouetten einiger vereinzelt stehender menschlicher Behausungen erkennen. Ich hätte mich kein bisschen gewundert, wenn es sich um strohgedeckte Holzhütten gehandelt hätte.

»Gleich sind wir da«, erklärte Papa, an dessen Optimismus immer noch nicht zu rütteln war.

Tatsächlich fuhren wir wenig später zwischen ein paar mächtigen Bauernhäusern hindurch, deren Dächer schwer mit Schnee beladen waren.

Neugierig reckte ich mich. »Wo liegt denn jetzt Gessenhausen?«

»Wir sind doch schon mittendrin«, stellte er klar.

Das Entsetzen, das mich in diesem Moment packte, werde ich wohl nie vergessen.

»He, Hanna, bist du eingeschlafen?«

Huch! Das war Mia!

Ich richte mich im Sattel auf und stelle fest, dass die gute Samantha viel zu langsam hinter den anderen Pferden hertrödelt.

»Na ja, also ... fast«, gebe ich zu und drücke der Stute meine Fersen in die Flanken. Sofort wird sie schneller und schließt zu den anderen auf.

Meine Freundin grinst. »Nicht zu früh abschlaffen! Wir müssen doch noch unsere Pferde fertig machen. Außerdem haben wir versprochen, das Futter in die Krippen zu schütten und die Stuten und Fohlen von der Weide zu holen.«

»Ja klar«, stimme ich ihr zu. »Ich bin halt müde und brauche dringend Urlaub.«

»Ich auch«, erklärt Philipp.

»Und ich erst«, seufzt Mia. »Hilft aber nix, bis zu den Sommerferien müssen wir leider noch zwei Wochen durchhalten.«

»Wenigstens schreiben wir keine Arbeiten mehr«, stelle ich fest.

Das letzte Schulhalbjahr war ziemlich hart für mich. Schließlich musste ich mich erst mal zurechtfinden und mich an den Schulstoff in Bayern anpassen. Wenigstens hat Papa mich nicht ausgeschimpft, als es in der ersten Zeit nicht so toll gelaufen ist. Die letzten Arbeiten waren aber auch schon deutlich besser. Und wenn die Ferien endlich, endlich da sind, werde ich volle sechs Wochen lang jeden Tag von morgens bis abends auf dem Haflingerhof Glückstal verbringen, mit den Pferden, all den anderen Tieren und mit Mia, meiner supercoolen neuen Freundin.

Gerade reiten wir an der kleinen, weiß getünchten Kapelle vorbei, die nur wenige Hundert Meter von dem minikleinen Gessenhausen entfernt ist, in dem ich mich wider jede Erwartung so wohlfühle. Sogar unser altes Häuschen direkt neben dem Hof Glückstal kann ich jetzt schon sehen. Weil es in so einem abgelegenen Örtchen steht, war es das einzige einigermaßen bezahlbare Haus in dieser ultrateuren Wohngegend. Dem vorherigen Eigentümer war es in Gessenhausen angeblich zu einsam und er wollte es möglichst schnell loswerden. Darum hat Papa es kurzerhand gekauft.

Als ich hierherkam, war ich felsenfest davon überzeugt, dass besagter Vorbesitzer absolut recht hätte und dass ich meine kommenden Lebensjahre in einer von allen guten Geistern verlassenen Einöde fristen müsste. Mein Schock war so groß, dass ich nicht mal losheulen konnte, obwohl es mich so sehr dazu drängte wie noch nie in meinem Leben. Wortlos ging ich in das aus dicken schwarzen Steinen erbaute Haus; schweigend inspizierte ich einen der düsteren Räume nach dem anderen. Jede Kleinigkeit bedrückte mich noch mehr: die kleinen Fenster, die nur wenig von dem abendlichen Dämmerlicht in die schmalen Räume mit den schweren, niedrigen Balkendecken ließen. Die enge, steile, knarrende Treppe, die hinauf in mein leeres, staubiges Zimmer führte. Und die dicken Eiszapfen, die draußen durchsichtig schimmernd vom Dach hingen. Fassungslos hab ich mich in eine dunkle Ecke sinken lassen und vor mich hin gestarrt.

Als die Umzugsarbeiter endlich die letzten Kisten ausgeladen und alle Möbel aufgebaut hatten, war es stockdunkel. Während Papa sich von ihnen verabschiedete und die letzten Formalitäten regelte, deckte ich in der Küche den Tisch. Aber ich konnte nur wenig essen, denn meine Kehle war immer noch wie zugeschnürt. Außerdem war ich hundemüde und wollte nur noch ins Bett. Also verabschiedete ich mich so früh wie möglich, schleppte mich die Treppe hoch und ließ mich auf mein Bett fallen. Bald darauf bin ich eingeschlafen, ohne mich umzuziehen oder mir die Zähne zu putzen.

»Kikerikiii!!!!«

Der Schreck fuhr mir in alle Glieder; kerzengerade saß ich im Bett. Dann erst wurde mir klar: Ich war in meinem neuen Zimmer, das im oberen Geschoss eines alten Häuschens lag. Und das stand in einem minikleinen Weiler am Rande jeder menschlichen Zivilisation. Direkt unter meinem Fenster hatte gerade ein Hahn gekräht, dessen Stimme die gleiche Lautstärke wie die eines Opernsängers hatte.

»Kikerikiii!!!!«

Mein genervter Blick fiel auf mein Handy und ich verdrehte die Augen. Erst Viertel vor sieben. Und das an einem Sonntag!

»Kikerikiii!!!!«

»Ich steh ja schon auf, du blöder Gockel«, knurrte ich.

Jeder Versuch weiterzuschlafen, hatte ja wohl nicht den Hauch einer Chance, solange dieses rücksichtslose Vieh sich unter meinem Fenster vergnügte. Herzhaft gähnend öffnete ich meine Zimmertür und tapste auf den Flur. Dabei zog mir der Duft von frischem Kaffee in die Nase.

Aha, Papa war also auch schon wach.

Eigentlich kein Wunder, denn er steht immer mit den Hähnen auf – was sich an diesem Morgen ausnahmsweise mit meinem eigenen Schicksal deckte. »Der frühe Vogel fängt den Wurm«, ist einer seiner Lieblingssprüche. Wobei man das »Würmerfangen« bei ihm absolut erst nehmen muss.

»'n Morgen!«, schallte es denn auch gut gelaunt aus der Küche. »Komm frühstücken! Ich hab schon Croissants und frische Brötchen geholt.«

Dann muss er schon ziemlich lange wach sein, überlegte ich. Bis zum nächsten Bäcker ist er von hier aus mit Sicherheit sogar mit dem Auto eine halbe Ewigkeit unterwegs.

»Alles klar, ich geh nur noch schnell aufs Klo«, antwortete ich, verschwand im Bad und lehnte mich an die Wand, um erst mal richtig wach zu werden. Nur noch mal kurz die Augen schließen ...

Doch dann war ich mit einem Schlag hellwach. Draußen hatte ein Pferd gewiehert, und zwar ganz in der Nähe!

Mit einem großen Schritt war ich am Fenster.

Nebenan stand ein Bauernhof; ich konnte das mächtige Wohnhaus sehen, einen gepflasterten Innenhof und ein lang gestrecktes Stallgebäude.

Wieder wieherte ein Pferd. Dann noch eines.

Die Haustür ging auf und ein großer, wuscheliger Hund stürmte heraus, gefolgt von einer eher kräftigen, aber sportlich wirkenden Frau. Ich schätzte sie ungefähr auf Mitte dreißig.

Jetzt meldete sich gleich eine ganze Pferdeherde auf einmal, begleitet vom erneuten Krähen des unermüdlichen Hahnes. Dann fing auch noch der Hund an zu bellen.

Also gut, Gockel, dir sei verziehen. Bei dieser Geräuschkulisse hätte ich eh nicht mehr schlafen können, dachte ich.

Aber schlafen war gar nicht mehr so wichtig, ebenso wenig das einsame Dorf und der dunkle Wald und der dicke Nebel. Denn direkt neben unserem Haus gab es einen ganzen Stall voller Pferde!

Schnell ging ich auf die Toilette, dann stieg ich leise vor mich hin summend die Treppe hinunter und marschierte in die Küche.

»Dass du schon wach bist und sogar schon angezogen ...«, begrüßte mich mein Vater.

Ich sah an mir hinunter, dann erst registrierte ich, dass ich immer noch die Klamotten von gestern trug.

»Ein Hahn hat gekräht, und wie! Direkt vor meinem Fenster«, erklärte ich, sank auf einen Stuhl, nahm mir ein Brötchen, beschmierte es mit Nutella und biss hinein.

Papa legte sein Croissant zurück auf den Teller. »Das muss ja ein echtes Wundertier sein, wenn es dich schon um diese Uhrzeit wach gekriegt hat.«

»Hat 'ne Röhre wie 'n Opernsänger«, nuschelte ich kauend.

»Mhm«, brummte er. Dabei stand ihm auf die Stirn geschrieben, dass er sich dieses ungewöhnliche Exemplar der Gattung »Kammhühnervögel« so bald wie nur möglich genauer ansehen wollte.

Ist das wirklich erst ein paar Monate her?, frage ich mich, während wir über die einzige große Straße von Gessenhausen auf den Haflingerhof Glückstal zureiten. Alles hier kommt mir schon so vertraut vor: die herrliche Landschaft, die Bauernhöfe und die Menschen, die uns freundlich grüßen, ja sogar die Sau Erna, die uns wie so oft im Schweinsgalopp entgegengelaufen kommt.

Erna gehört der Frau, die ich an meinem ersten Morgen auf dem Hof gesehen habe. Sie heißt Vera und ist die Besitzerin vom Hof Glückstal. Mit »Oma«, ihrer 82 Jahre alten, aber noch total fitten Großmutter, betreibt sie eine in der ganzen Gegend bekannte Haflingerzucht. Veras Sohn Philipp unterstützt die beiden, wo es nur geht. Er liebt Pferde über alles und ist ein fantastischer Reiter.

Gerade steigt er aus dem Sattel, geht mit Wotan am Zügel zum Hoftor und öffnet es. Mia schnalzt mit der Zunge und Merry spaziert zügig hindurch. Samantha folgt ihr, obwohl sie sich große Mühe geben muss, damit sie das Schwein Erna, das neben und hinter und unter ihr herumwuselt, nicht aus Versehen mit einem Huf erwischt.

Wir satteln die Pferde ab, und weil es so schön warm ist, spritzen wir ihnen nicht nur die Beine, sondern auch ihr verschwitztes Fell mit warmem Wasser ab. Dann streifen wir mit einem Schweißabzieher die Nässe aus ihrem Fell, kratzen ihre Hufe aus und bringen sie zurück in ihre Boxen.

»So, jetzt geht's an die Arbeit«, erklärt Mia, nachdem wir aufgeräumt und gekehrt haben.

»Macht aber auch Spaß«, stelle ich fest.

Ich liebe es, Stroh und Heu in den Boxen zu verteilen, Hafer in die Futtertröge zu schütten und danach den Pferden beim Fressen zuzuschauen.

Anstrengend ist die Arbeit aber schon. Es dauert über eine Stunde, bis endlich alle Pferde im Stall stehen. Und kaum lehnen wir nebeneinander an Wotans Box, hören wir auch schon von Weitem das Tuckern eines Traktors.

»Meine Mutter kommt zurück«, stellt Philipp fest.

Der Wetterbericht hat vorausgesagt, dass es eine ganze Woche lang nicht regnen soll. Darum hat Vera jede Menge Gras gemäht, das in den nächsten Tagen zu Heu trocknen soll.

Wenig später rattert ihr Traktor tatsächlich auf den Hof und dann kommt sie zu uns in den Stall.

»Da seid ihr ja«, meint sie und wirft wie immer einen kurzen, prüfenden Blick in die Pferdeboxen.

»Prima!«, lobt sie uns. Doch dann sieht sie uns ernst an. »Kommt ihr bitte mal mit in die Küche? Ich muss etwas mit euch besprechen.«

Fragend sehe ich Mia an, doch die zuckt nur mit den Achseln. Dann flüstert sie Philipp zu: »Weißt du irgendwas?«

»Schon. Aber das soll sie euch selbst sagen«, antwortet er genauso leise.

Na gut, bald werden wir mehr wissen, sage ich mir und gehe hinter Vera her zum Wohnhaus, dessen Balkone wie jeden Sommer mit üppig blühenden Blumen geschmückt sind.

Als ich das Bauernhaus zum ersten Mal betreten habe, war ich ziemlich beeindruckt. Die massiven Mauern, die schweren, alten Möbel und die dicken Balken in der Decke – alles wirkt hier wie aus einer anderen Zeit. Tatsächlich ist das Haus fast vierhundert Jahre alt. Der Hof selbst ist vielleicht noch viel älter. Und schon seit ewigen Zeiten ist er im Besitz der Leitmayrs, Veras Familie.

Wie so oft wuselt ihre Oma geschäftig in der Küche herum. Gerade schleppt sie ein Tablett voller Gläser, Tassen, Teller und Besteck zu dem runden Küchentisch, auf dem schon ein Kuchen, eine Kanne mit Kakao und eine Flasche Sprudelwasser stehen.

»Hallo, Kinder«, begrüßt sie uns. »Setzt's euch, 's gibt an Kuachn und was zu trink'n.«

Ich gebe ja zu, dass ich ein paar Wochen gebraucht habe, bis ich Omas breites Oberbayerisch auch nur annähernd verstehen konnte. Aber hier sprechen ganz viele Leute so, darum war ich schlichtweg gezwungen, den Dialekt so schnell wie möglich zu lernen.

»Hmm, Kirschkuchen!«, freut sich Mia und sinkt an ihren Stammplatz in der Ecke, gleich unter dem mit Blumen geschmückten, großen Kreuz. So einen »Herrgottswinkel« gibt es in fast jedem bayerischen Bauernhaus, wie ich inzwischen weiß.

Als der Kakao in allen Tassen dampft, räuspert sich Vera. Dann sieht sie uns so ernst an, dass ich ein bisschen Herzklopfen kriege.

»Es ist so«, beginnt sie. »In den nächsten Jahren müssen wir unbedingt unser Haus renovieren lassen, aber das wird ganz und gar nicht billig. Weil es unter Denkmalschutz steht, bekommen wir zwar eine staatliche Unterstützung, doch die reicht vorne und hinten nicht aus. Unser Hof und das Gestüt werfen genug ab, dass wir davon ganz gut leben können, aber die Renovierung auch noch zu bezahlen ... Also, das geht ganz und gar nicht.«

»Wir müss'n halt seh'n, dass wir mehra Geld verdien'n«, fügt Oma hinzu.

»Genau«, erklärt Vera. »Darum haben wir uns dazu entschlossen, eine kleine Reiterferien-Pension zu eröffnen. Wir haben sogar überraschend schnell die erste Buchung bekommen. Schon in der übernächsten Woche, am Anfang eurer Sommerferien, geht's los. Unser Gast heißt Leonie Falkmann. Sie ist dreizehn, also genau so alt wie du, Hanna, und sie soll bei uns reiten lernen.«

»Das darf doch alles nicht wahr sein.« Mia schlägt die Hände vors Gesicht.

Eben, auf dem Hof Glückstal, waren wir so baff über die Neuigkeiten, dass uns glatt die Luft weggeblieben ist. Aber jetzt, wo wir bei mir zu Hause im Wohnzimmer sitzen, hat sie ihre Stimme wiedergefunden und lässt ihrem Frust freien Lauf.

»Es ist aber wahr«, seufze ich kopfschüttelnd.

»Und Vera hat uns erst ultraspät Bescheid gesagt. Das ist absolut unfair«, schimpft sie weiter.

Ich zucke die Achseln. »Angeblich ist alles ganz schnell gegangen. Erst vorletzte Woche hat Vera mit unserem Bürgermeister in Taching darüber beraten, wie sie mehr Geld verdienen kann. Der hat ihr erzählt, dass es in unserer Gegend viel zu wenige Höfe für Reiterferien gäbe.

Gerade hätten mal wieder ein paar Leute beim Tachinger Tourismusamt angerufen, aber man hätte ihnen nicht weiterhelfen können. Und nach dem Gespräch haben sich die Leitmayrs ziemlich bald entschieden.«

»Mag ja sein«, brummt sie. »Aber dass Philipp uns nichts verraten hat ... Nicht mal mir hat er was gesteckt. Dabei kennen wir uns doch schon ewig. Ich hab immer gedacht, wir wären Freunde! Also, ich bin so was von enttäuscht von ihm, das kannst du dir gar nicht vorstellen.« Nun steigen ihr die Tränen in die Augen.

»Mach dir mal nicht zu viel draus. Philipp redet doch eh kaum«, versuche ich sie zu beruhigen. »Fragt sich nur: Was bedeuten Veras Pläne für uns?«

Meine Freundin schluckt. »Dass wir die Pferde auf Gut Glückstal für uns alleine haben, ist jetzt jedenfalls vorbei. Sobald ein Ferienkind da ist, steht es garantiert an erster Stelle. Wetten, dann hat Vera nur noch Zeit für ihren Besuch? Den tollen Reitunterricht, den sie uns regelmäßig gibt, können wir dann mit Sicherheit ganz oft vergessen. Ihren Gästen dagegen wird Vera jeden Wunsch von den Augen ablesen.«

Sie verdreht die Augen, dann flötet sie mit verstellter Stimme: »Leonie, willst du heute etwa die Merry reiten? Überhaupt kein Problem! Dann nimmt die gute Mia halt ein anderes Pferd.«

»Da brauchst du dir keine Sorgen zu machen«, widerspreche ich. »Deine Merry hat's derart faustdick hinter den Ohren und sie hat so viel Temperament, dass sich die Urlauber vor ihr hüten werden. Diese Leonie erst recht. Die kann doch noch gar nicht reiten.«

»Stimmt ja. Gott sei Dank!«, seufzt Mia erleichtert.

Mir dagegen wird gerade mulmig, denn mir ist etwas sonnenklar geworden: »Bei meiner Samantha ist das garantiert was ganz anderes. So sanft und brav, wie sie ist ...«

»Außerdem ist sie die schönste Stute in Veras Stall«, ergänzt meine Freundin.

Das macht die Sache noch schlimmer, erkenne ich erschrocken.

Nie werde ich vergessen, wie ich Samantha am Morgen nach meiner Ankunft in Gessenhausen zum ersten Mal getroffen habe. Sie stand mit den anderen Stuten auf der tief verschneiten Weide und ich hab von Anfang an nur sie gesehen: ein unglaublich schönes Pferd mit einer schneeweißen Mähne, die über ihren Hals bis weit hinunter auf ihre Brust fiel. Mit ihren großen dunklen, freundlichen Augen hat sie mich lange angeschaut, dann ist sie zu mir gekommen und hat mit ihren weichen Nüstern meine Hand beschnuppert. Da war ich schon Hals über Kopf in sie verliebt. Warum sollte das dieser Leonie oder wer-weiß-welchem Feriengast nicht genauso gehen?

Ich senke den Kopf, denn jetzt kommen auch mir die Tränen.

»He! So schlimm wird's schon nicht werden.« Mia steht auf, setzt sich bei mir auf die Sessellehne und nimmt mich in den Arm.

Schluchzend lehne ich meinen Kopf an ihre Schulter.

Da klackt die Eingangstür unseres Hauses und ich wische schnell mit einem Zipfel meines T-Shirts über meine Augen.

»'n Abend!«, ruft Papa in den Flur hinein. Kurz darauf schaut er ins Wohnzimmer und runzelt prompt die Stirn. »Ist was passiert?«

»Vera macht auf ihrem Hof eine Ferienpension mit Reiterurlaub auf.« Mias Stimme bebt vor Zorn. »Dann hat sie keine Zeit mehr für uns, weil sie sich andauernd um ihre Gäste kümmern muss. Und die wollen vielleicht sogar unsere Pferde reiten.«

»Meine Samantha bin ich dann garantiert los, weil sie so schön und so lieb ist«, füge ich mit wackeliger Stimme hinzu.

»Aha.« Papa stellt seine Arbeitstasche auf den Boden und lässt sich uns gegenüber aufs Sofa sinken. »Und wie kommt Vera so plötzlich darauf, diese Pension zu eröffnen?«

»Sie muss ihr Haus renovieren lassen«, erkläre ich.

»Autsch, das wird teuer«, meint er. »Es ist so groß und uralt; ja es steht sogar unter Denkmalschutz. Sie braucht mit Sicherheit jede Menge Geld.«

»So was hat sie uns auch gesagt«, seufzt Mia.

»Da ist eine Reiterferien-Pension doch eine super Idee«, findet er. »Also, ich weiß gar nicht, was ihr habt.«

Mit zorniger Miene starrt Mia ihn an. Wenn Blicke töten könnten, wäre er jetzt garantiert in akuter Lebensgefahr.

Ich dagegen hab schon wieder Tränen in den Augen; wenn ich auch nur einen Ton zu sagen versuche, heule ich los.

»Wirklich nicht«, legt Papa nach. »Okay, ich sehe ja ein, dass euch die Ferienkinder beim Zusammensein mit euren Lieblingspferden stören. Aber sie bleiben doch nur für ein paar Wochen. Danach habt ihr eure Ponys und Veras Reitunterricht wieder zurück, genau so, wie es bis jetzt immer war.«

»Ja klar, aber nur, bis die nächsten Gäste anrauschen«, bringe ich nun doch noch mit Mühe heraus.

Er zieht die Augenbrauen hoch. »Ich frage mich nur: Was soll Vera denn sonst machen?«

»Egal, was, nur das nicht!«, ruft Mia aus.

Papa seufzt. »Die Sache mit dem Reiterurlaub könnte sehr gut die klügste Lösung sein.«

»Na hör mal!«, wendet Mia ein. »So schnell, wie Vera sich entschieden hat, konnte sie doch gar nicht richtig nachdenken. Wetten, diese blöde Pension war das Erstbeste, was ihr eingefallen ist?«

»Ja, eben«, unterstütze ich sie, weil meine Stimme endlich wieder etwas fester wird. »Sie ist zum Bürgermeister gegangen, der hat ihr vorgeschlagen, dass sie eine Reiterferien-Pension aufmachen soll, und – zack! – die Sache war gegessen.«

»Sie macht mir absolut nicht den Eindruck, als würde sie sich nicht sehr gründlich überlegen, was sie tut«, widerspricht mein Vater. »Außerdem: Entweder zieht sie die Renovierung durch und sieht zu, dass sie irgendwie das Geld dafür zusammenkratzt, oder ...«

»Moment mal!«, protestiert Mia.

Aber er lässt sich nicht unterbrechen. »Oder sie wird ihren Hof nicht mehr lange halten können. Dann muss sie ihn verkaufen, samt ihrer Tiere, Samantha und Merry eingeschlossen. Damit ist euch bestimmt nicht geholfen, oder?«

Auweia!, denke ich entsetzt.

Auch Mia wird blass. Doch nach der ersten Schrecksekunde murmelt sie: »Du musst aber nicht gleich den Teufel an die Wand malen.«

Er zuckt die Achseln. »Das tue ich doch gar nicht. Was ich euch gesagt habe, ist einfach nur die Wahrheit.«

Für ein paar Sekunden ist es still. Darum sieht er noch

einmal in die Runde, dann steht er auf und erklärt: »Ihr müsst Veras Plan mit der Ferienpension ja nicht unbedingt mögen. Aber das Sinnvollste, was ihr jetzt tun könnt, ist, die Leitmayrs zu unterstützen – ohne Murren und mit eurer ganzen Kraft. Einfach, weil euch klar ist, was passiert, wenn sie nicht genug Geld für die Renovierung verdienen.«

Ernst sieht er uns an. »Denkt einfach mal darüber nach, okay? Ich werde jetzt für uns alle den Abendbrottisch decken. Heute hab ich kein gescheites Mittagessen gekriegt, weil ich mit ein paar Studenten stundenlang Flusskrebse aus der Salzach gefischt habe. Und jetzt hab ich einen Mordshunger.«

Mit schnellen Schritten verlässt er das Wohnzimmer. Wenig später hören wir ihn in der Küche rumoren.

Eine Weile ist es still. Dann schüttelt Mia hilflos den Kopf. »Dein Vater ist ein bisschen naiv, finde ich. Er kann doch nicht wirklich meinen, wir sollten nett zu irgendwelchen idiotischen Feriengästen sein, obwohl die uns die Pferde wegnehmen! Das ist einfach zu viel verlangt.«

»Ich schaff das auch nicht«, gestehe ich bedrückt.

»Fragt sich nur: Was machen wir denn jetzt?«, überlegt sie laut.

»Wenn ich das wüsste«, murmele ich ratlos.

Da ruft Papa aus der Küche: »Essen ist fertig!«

»Wir kommen!«, antworte ich. Dann schlage ich Mia vor: »Weißt du, was, wir reden jetzt erst mal nicht drüber, sondern machen uns während des Essens ein paar Gedanken. Danach sehen wir weiter.«

»Okay«, stimmt sie mir zu. »Allerdings frag ich mich, wie ich ausgerechnet jetzt mehr als drei Krümel runterkriegen soll. Hunger fühlt sich jedenfalls anders an.«

»Mir geht's doch genauso«, seufze ich.

Tatsächlich reden wir beim Abendessen kaum ein Wort. Papa versucht zwar, ein Gespräch in Gang zu bringen, doch das verläuft schon nach ein paar Sätzen im Sande. Danach lässt er uns in Ruhe. Aber wenigstens bringe ich ein Butterbrot und ein paar Scheiben Gurke herunter. Danach helfen wir noch schnell beim Abräumen.

»Hast du was dagegen, wenn wir jetzt noch ein bisschen spazieren gehen?«, frage ich ihn dabei.

»Nein, überhaupt nicht«, meint er. Und so machen wir uns auf den Weg.

Es ist schon ziemlich spät. Die Sonne beginnt gerade, hinter den Bergen zu versinken und den Himmel orangerot zu färben. In den Wiesen zirpen die Grillen und feiner Spätsommernebel kriecht vom Bach her über das Gras.

Meine Stimmung ist alles andere als rosig. Trotzdem hab ich das Gefühl, dass ich mich niemals wirklich daran gewöhnen kann, wie schön es hier ist.

Wir lassen das Dorf hinter uns und biegen auf einen schmalen Grasweg ab, der durch die Wiesen hinauf zum Wald führt.

Ach, wenn nur diese blöde Ferienpension nicht wäre!, denke ich und stoße einen abgrundtiefen Seufzer aus.

»Es ist wirklich zum Heulen.« Mia lässt ihrem Frust freien Lauf. »Ich bin immer noch felsenfest davon überzeugt, dass Vera über die ganze Sache einfach nicht genug nachgedacht hat.«

»Mit Sicherheit nicht«, stimme ich ihr zu.

Meine Freundin nickt heftig. »Darum müssen wir uns jetzt überlegen, ob sie nicht mit anderen Mitteln Geld verdienen kann.«

Stimmt. Genau das ist jetzt das Gebot der Stunde, denke ich. Aber dann kommen mir doch noch Zweifel. »Glaubst du wirklich, sie und Oma würden ihre Pension wieder schließen, sobald wir ihr eine andere Lösung für ihre Probleme präsentieren?«

Sie wiegt den Kopf. »Wenn wir nicht einfach nur eine andere Lösung finden, sondern eine bessere, haben wir bestimmt eine Chance.«

Na gut, da ist was dran.

Eine Weile gehen wir schweigend nebeneinanderher und zerbrechen uns die Köpfe.

»Ich hab da so eine Idee«, sage ich nach einer Weile vorsichtig.

»Schieß los!«, fordert sie mich auf.

»Vera müsste doch nicht unbedingt eine Pension für Menschen einrichten. Wie wär's denn mit einer Pferdepension?«, schlage ich vor.

»Auweia!«, stöhnt Mia.

»Was soll das denn heißen?«, frage ich verwirrt.

Sie verdreht die Augen. »Als ich noch in der Grundschule war, hat Vera schon mal ein paar Einstellpferde gehabt. Mit denen hat sie echt was mitgemacht. Eine Frau war die totale Zicke. Sie hatte einen bildschönen Friesenhengst namens Hauke. Du glaubst nicht, was der für eine tolle, lange schwarze Mähne hatte! Aber die Dame konnte überhaupt nicht mit ihm umgehen und er wurde immer frecher. Mit der Zeit bekam sie richtig Angst vor ihm. Vera und Philipp dagegen hatten natürlich überhaupt keine Probleme mit dem hübschen Kerl und ...«

»Na klar, die können ja auch mit Hengsten umgehen«, unterbreche ich sie.

»Ja, eben«, stimmt sie mir zu. »Natürlich hat Vera ein paarmal versucht, der Zicke zu erklären, was bei ihr falschlief. Aber die hat ihr kein Wort geglaubt. Stattdessen war sie fest davon überzeugt, dass Hauke sie einfach nicht leiden könne. Schließlich hat sie ihn wieder verkauft. Angeblich soll sie sich danach einen Andalusierhengst zugelegt haben, aber den hat sie in einen anderen Stall gestellt. Tja ...«

»Ich kann mir schon denken, was daraus geworden ist«, sage ich.

»Ich auch«, seufzt sie. »Aber die Zicke war nicht das einzige Problem. Da war auch noch dieser Vierzehnjährige, dem sein wohlmeinender Opa ein Westernpferd geschenkt hatte. Das Problem war nur: Der Junge konnte absolut nicht reiten. Er wollte auch keinen Reitunterricht nehmen, weil er glaubte, dass er mit dem armen Pferd einfach so und ganz alleine fertigwerden würde. Ich glaube, der Typ hatte einfach zu viele Cowboyfilme gesehen.«

»Du lieber Himmel!«, murmele ich.

»Das kannst du wohl laut sagen. Mit Sicherheit kannst du dir vorstellen, wie er dem armen Pferd beim Reiten in den Rücken geplumpst ist und wie er ihm das scharfe Westerngebiss im Maul herumgerissen hat. Vera hat ihm ein paarmal ordentlich die Meinung gesagt und mit seinen Eltern geredet hat sie auch. Aber die wollten auch nicht auf sie hören. Als Vera ihnen Reitunterricht nahegelegt hat, haben sie doch tatsächlich geglaubt, sie wolle nur Geld daran verdienen.« Mia schüttelt den Kopf.

»Ja, und dann?«, frage ich.

Sie zuckt die Achseln. »Das Ganze hat damit geendet, dass sich der Junge ein Bein gebrochen hat und dass sein Pferd niemanden mehr an sich heranlassen wollte.«

»Kein Wunder!«, seufze ich. »Was ist denn aus dem armen Tier geworden?«

»Null Ahnung«, gesteht sie. »Die Eltern haben das Pferd von Veras Stall wegholen lassen, noch während der Junge im Krankenhaus lag. Danach haben wir nie wieder etwas von den beiden gehört.«

»Leute gibt's ...«, knurre ich verständnislos.

»Auch das war aber noch längst nicht alles«, fährt Mia fort. »Es gab noch die Besitzerin eines Islandpferdes, die ihre Stallmiete fast nie bezahlte, oder die alte, supernette Frau, die ihre zweiundzwanzig Jahre alte Warmblutstute bei Vera eingestellt hatte, bis sie plötzlich an einem Herzinfarkt gestorben ist. Ihre Erben haben zuerst monatelang nichts von sich hören lassen. Dann haben sie von einem Tag auf den anderen den Tierarzt vorbeigeschickt, damit er das arme Tier einschläferte. Dabei war es noch total gesund und fit. Glaub mir: Wir haben alle Rotz und Wasser geheult, auch Vera. Und ...«

»Stopp! Ich kann nicht mehr zuhören!«, rufe ich.

»Ist doch kein Wunder, dass Vera ihre Pferdepension wieder geschlossen hat, oder?«, meint Mia. »Und sie wird mit Sicherheit nie wieder eine aufmachen.«

Ich antworte nicht. Das, was ich gerade gehört habe, muss ich nämlich erst mal verdauen.

So spazieren wir wieder eine Zeit lang wortlos nebeneinanderher. Allmählich nähern wir uns dem Waldrand und der Weg wird so steil, dass wir beim Gehen tief durchatmen müssen. Außerdem ist es schon ziemlich dunkel und der Nebel scheint immer näher auf uns zuzukriechen.

»Ich finde, wir sollten umkehren«, schlägt Mia vor und zeigt zum Himmel. »Schau mal, da oben kann man schon die ersten Sterne sehen. Am besten nehmen wir den Pfad da drüben, der vor dem großen Baum nach rechts abbiegt.«

Wie gut, dass du bei mir bist!, denke ich. Ohne dich hätte ich jetzt nämlich bestimmt Probleme, wieder nach Hause zu finden.

»He, ich hab's!«, ruft Mia so plötzlich, dass ich erschrocken zusammenfahre. »Wie wäre es, wenn Vera fremde Pferde ausbilden würde? Ihre eigenen jungen Haflinger reitet sie doch auch alleine ein und das klappt immer prima.«

Doch ich schüttele den Kopf.

»Keine Chance.«

»Warum denn?«, fragt Mia verblüfft.

»Herr Angermeyer, der Reitlehrer in meiner alten Reitschule, hat so was auch gemacht. Und er hatte damit jede Menge Ärger. Es gab zum Beispiel diese bestimmte Art von Pferdebesitzern, die regelmäßig bei ihm auftauchten, um zu kontrollieren, ob ihr Pferd auch schon diesen und jenen Fortschritt gemacht hatte ...«

»Das funktioniert nicht«, unterbricht mich Mia. »Pferde sind doch keine Maschinen. Jedes lernt anders, jedes hat andere Stärken und Schwächen. Vera sagt immer, dass sich beim Ausbilden eines Pferdes der Mensch den Talenten und dem Tempo des Tieres anpassen muss und nicht umgekehrt.«

»Genau das hat Herr Angermeyer diesen Pferdebesitzern auch erklärt. Die haben es ihm aber meistens nicht geglaubt«, fahre ich fort. »Stattdessen haben sie gedacht, er würde nicht oft genug mit den Pferden arbeiten und trotzdem viel Geld kassieren.«

»Die hatten ja wohl null Ahnung«, stellt Mia entschieden fest.

»Eben«, stimme ich ihr zu. »Sonst hätten sie nämlich gemerkt, dass er sich ganz viel Mühe gegeben hat. Und er hat die jungen Pferde mit der Zeit auch richtig gern gemocht. Aber oft genug wusste er, dass er sie an Eigentümer zurückgeben musste, die für ein junges Pferd nicht gut genug reiten konnten oder die es nur für ein teures Sportgerät hielten. Jedes Mal, wenn so ein junges Kerlchen von seinem Hof geholt wurde, war er fix und fertig. Aber er brauchte das Geld.«

»Diese Idee klingt auch nicht besser als die Pferdepension, oder?«, stellt Mia bedrückt fest.

Wir bleiben für einen Moment stehen, denn direkt unter uns können wir jetzt die Häuser und Bauernhöfe von Gessenhausen sehen. Einige Fenster sind schon hell erleuchtet. Auch im Pferdestall der Leitmayrs brennt Licht.

Bestimmt macht Vera gerade ihren abendlichen Rundgang, denke ich und plötzlich krampft mein Herz sich zusammen. Was wäre, wenn sie ihren Hof wirklich aufgeben, wenn sie ihre Pferde verkaufen müsste? Was würde dann aus Wuschel und aus Erna? Und könnte Oma das überhaupt verkraften? Sie lebt doch auf dem Hof Glückstal, seit sie geheiratet hat!

Nein. Das darf einfach nicht sein!

Trotzdem: Eine Reiterferien-Pension ist das Allerletzte! Darum müssen wir eine bessere Lösung finden, koste es, was es wolle. »Wir dürfen einfach nicht aufgeben«, sage ich mit Nachdruck.

»Natürlich nicht«, bekräftigt Mia. »Uns wird schon noch was einfallen. Davon bin ich felsenfest überzeugt. Wir brauchen halt noch ein bisschen mehr Zeit.« Sie stupst mir in die Seite und im Halbdunkel kann ich gerade noch ahnen, dass sie mich ermutigend anlächelt. Dann gehen wir langsam weiter den gewundenen Pfad hinunter. Nach Hause.

Die nächsten Tage auf dem Hof Glückstal werden ein bisschen schwierig. Mia ist immer noch stinksauer auf Philipp, weil der ihr Veras Pläne mit der Ferienpension verschwiegen hat. Dauernd stänkert sie gegen ihn oder sie reizt ihn mit spitzen Bemerkungen. Darum haben die beiden oft Krach. Außerdem fällt es uns beiden ultraschwer, uns unseren Frust nicht allzu sehr anmerken zu lassen. Aber was bleibt uns denn übrig?

Das Allerschlimmste aber ist, dass uns die Zeit davonläuft. Wir diskutieren und zerbrechen uns die Köpfe, doch uns will einfach keine gute Lösung einfallen, durch die wir den verhängnisvollen Lauf der Dinge noch stoppen könnten. Allmählich wird uns immer klarer, dass wir zumindest den Besuch von dieser Leonie nicht mehr verhindern können. Es ist zum Verrücktwerden!

Das Einzige, was mir in dieser Situation bleibt, ist, jeden Ausritt, jede Sekunde mit meiner geliebten Samantha noch mehr als vorher zu genießen. Wer weiß denn schon, wie lange ich noch so ungestört bei ihr sein kann?

Wenige Tage vor Leonies Anreise hat sich bei Mia und mir endgültig der Frust breitgemacht. Mit hängenden Köpfen und gedrückter Stimmung tapsen wir nach der Schule von der Bushaltestelle zum Hof von Mias Eltern, weil ich dort zum Mittagessen eingeladen bin. Plötzlich bleibe ich jedoch erstaunt stehen und zeige auf den Umzugslaster, der vor einem der recht neuen Häuser auf der linken Seite der Hauptstraße steht. »Was ist denn da los?«

»Sag bloß, du weißt noch nicht, dass die Krichlhubers von hier wegziehen«, wundert sich meine Freundin.

Ich grinse schief. »Natürlich nicht. An die Stille Post in Gessenhausen sind wir nämlich noch nicht angeschlossen.«

»Also«, erklärt sie, während wir langsam weitergehen, »Herr Krichlhuber hat in München einen total guten neuen Job gekriegt. Angeblich macht er jetzt richtig Karriere. Und seine Frau kann in der gleichen Firma anfangen.«

»Dann haben sie das große Los gezogen«, vermute ich.

Mia wiegt den Kopf. »Wie man's nimmt.«

Nach ein paar Schritten halte ich schon wieder an. Wir sind nämlich gerade um den Laster herumgegangen, darum sehe ich es erst jetzt: Vor uns, auf der Gartenmauer, sitzt Evi, die achtjährige Tochter der Krichlhubers. Sie hat ihre beiden Arme um den Hals von Wuffi, ihrem herzensguten Labrador, geschlungen. Ihre Schultern zucken heftig und ihr herzzerreißendes Schluchzen geht mir durch Mark und Bein.

»Die Arme!«, seufzt Mia. »Weißt du, die Krichlhubers können ihre Tiere nicht mitnehmen. Miezi, ihre Katze, kann zwar bei den Nachbarn bleiben und die Familie von Evis bester Freundin übernimmt Wuffi. Trotzdem ...«

»Ist es das denn wirklich wert?«, murmele ich.

Gerade kommt Frau Krichlhuber aus dem Haus. Sie sieht ihre Tochter, bleibt stehen und ringt hilflos die Hände. Dann geht sie zu Evi und nimmt sie samt Hund in den Arm.

»Mir fällt der Abschied von den Tieren ja auch unglaublich schwer«, gesteht sie. »Aber den beiden wird es gut gehen, das weißt du doch. Und wir haben dir versprochen, dass wir uns in München ganz bald zwei Kaninchen anschaffen werden ...«

»Aber ... die sind ... nicht Wuffi und Miezi.« Evi weint so heftig, dass man sie kaum verstehen kann. Und ihre Worte fahren mir mitten ins Herz; für einen Moment wird mir sogar ein bisschen schwindelig. Denn jetzt erst wird mir mit aller Unerbittlichkeit klar: Mia und mir würde es genauso gehen! Wir würden genauso dasitzen und fühlen wie Evi, wenn Vera den Hof Glückstal wirklich aufgeben müsste.

»Alles, nur das nicht«, murmelt Mia. Offenbar denkt sie gerade das Gleiche wie ich.

Schweigend gehen wir weiter. Ich hab immer noch weiche Knie und meine Gefühle und Gedanken überschlagen sich.

Mia geht es mit Sicherheit auch nicht besser, denn als wir vor dem Tor des Hofes ihrer Eltern angekommen sind, meint sie mit leiser Stimme: »Du, Hanna, vielleicht sollten wir das mit der Ferienpension doch akzeptieren. Vorläufig zumindest. Ich hab zwar keine Ahnung, wie ich zu dieser Leonie freundlich sein kann, aber ...«

Das Ende des Satzes höre ich nicht mehr. Vor meinem inneren Auge taucht eine erschreckende Szene auf: Ich stehe vor dem Stall von Hof Glückstal und halte meine Samantha am Zügel. Eine wildfremde, geschminkte Zicke kommt aus dem Haus und stolziert auf mich zu. Wortlos und mit hochgerecktem Kinn bleibt sie vor mir stehen und ich drücke ihr mit engelsgleichem Lächeln Samanthas Zügel in die Hand. Dann wünsche ich ihr noch »viel Vergnügen ...«.

Für einen Moment wird mir so schlecht, dass ich mich an die Mauer lehnen muss. »Mir geht's doch genauso«, gestehe ich mit rauer Stimme.

Da stehen wir und sehen uns ratlos an. Bis Mia plötzlich ausruft: »Ich hab's!«

Wirklich?, denke ich überrascht. Das wäre zu schön, um wahr zu sein.

»Weißt du, was? Wir leisten jetzt einen Eid. Wir schwören uns, dass wir zu dieser Leonie und zu allen, die sonst noch hier antanzen, nett und höflich sein werden, damit Vera ihren Hof nicht verkaufen muss.«

Verdutzt sehe ich sie an. Dann dämmert mir, dass sie recht hat. Einen Eid darf man nämlich nicht brechen. Unter gar keinen Umständen. Niemals.

»Einverstanden«, erkläre ich.

Ohne groß nachzudenken, reichen wir uns die Hände.

»Du redest«, kommandiert Mia.

Ich räuspere mich. »Ähm ... Wir werden zu Veras Gästen nett und geduldig sein, auch dann, wenn sie uns unsere ... unsere Lieblingspferde ...«

Jetzt versagt mir endgültig die Stimme. Darum fährt Mia fort: »Das schwöre ich – um der Tiere vom Hof Glückstal willen, auf Teufel komm raus und bei allem, was uns heilig ist.«

»Und ich genauso«, versichere ich.

Wir lassen uns los, Mia legt mir den Arm um die Schultern und gemeinsam gehen wir ins Haus.

II

Sonderkommando Leonie

Kikerikiiii!!!«

Nein!!! Genervt ziehe ich mir das Kissen über den Kopf. Jetzt hab ich endlich, endlich Sommerferien, aber Veras dämlicher Hahn ist natürlich der Allerletzte, der das kapiert.

»Kikerikiii!«

Ich schiebe das Kissen wieder von meinem Gesicht und werfe einen müden Blick auf meinen Wecker.

Oh, schon acht Uhr! Caruso, wie die Leitmayrs ihren Gockel nennen, ist offenbar schlauer, als ich gedacht habe.

Ich recke mich, gähne ausgiebig ... und dann fällt es mir wieder ein: Heute kommt Leonie! Mia und ich machen jetzt wirklich gute Miene zum frustrierenden Spiel. Wir haben uns sogar dazu breitschlagen lassen, die vergangenen Nachmittage zu opfern, um zusammen mit Oma und Philipp das ganze, große Haus einschließlich der Balkone und sämtlicher Fenster zu putzen und die neuen Gästezimmer besonders schön herzurichten. Das war vielleicht eine Plackerei! Und alles für jemanden, den wir gar nicht hierhaben wollen.

Aber, halt! In Wirklichkeit haben wir das nicht für irgendwen gemacht, sondern für den Haflingerhof Glückstal. Außerdem hat uns Vera für unsere Mühen eine tolle

Belohnung versprochen. Keine Ahnung, was sie vorhat, aber …

»Kikerikiii!«

»Ich steh ja schon auf«, brumme ich missmutig und schleiche ins Bad.

Wann soll diese Leonie noch mal ankommen?, frage ich mich, während ich unter der Dusche stehe und mich einseife. So gegen elf Uhr, hieß es, zusammen mit ihrer Mutter. Die beiden wohnen angeblich bei Duisburg, aber sie sollen wohl in München bei Bekannten übernachtet haben. Und Vera ist der Meinung, dass wir bei ihrer Begrüßung anwesend sein sollen. Schließlich wären wir auch hinterher meistens dabei, hat sie gesagt. Oh je, am Ende wird das noch so was wie ein Staatsempfang!

Gähnend stelle ich das Wasser an.

Danach sind wir sogar noch zum Mittagessen eingeladen, überlege ich weiter. Es gibt Forellen aus dem Waginger See und zum Nachtisch Schokoladenkuchen. Gestern hat Mia der Oma beim Backen geholfen, während Philipp und ich die Pferdeställe ausgemistet haben.

Kopfschüttelnd trockne ich mich ab.

Normalerweise würde ich mich ja auf so ein feudales Essen freuen. Aber ich fürchte, heute wird es mir nicht schmecken. Erstens, weil ich den ganzen Aufwand übertrieben finde. Und zweitens, weil ich immer noch eine Heidenangst habe, dass mir diese Leonie meine Samantha wegnimmt. Wenn sie das wirklich macht, wird es mir entsetzlich schwerfallen, meinen Eid nicht zu brechen.

Da stehen wir nun: Vera, Philipp, Mia und ich, fast schon in Reih und Glied und wirklich ein bisschen wie bei einem

Galaempfang. Nach dem Ausmisten haben wir uns geduscht und umgezogen; jetzt tragen wir saubere T-Shirts und frisch gewaschene Jeans. Und alles nur, weil gerade das Auto der Falkmanns auf den Hof fährt.

Vorsichtshalber hat Vera noch schnell Wuschel im Haus an die Leine gelegt und Erna in eine Pferdebox gesperrt.

Hoffentlich bleibt die coole Sau ausnahmsweise mal eine Weile dadrin und findet nicht wieder einen Weg, sich zu befreien!, denke ich. Und hoffentlich fängt Wuschel nicht im falschen Moment wie wild an zu bellen!

Ich bin nervöser, als ich gedacht habe.

»Schaut euch mal das Auto an!«, flüstert Philipp. »Das ist ein BMW, sogar ein funkelnagelneuer.«

»Fehlt nur noch, dass eine durchgestylte Dame mit hochhackigen Schuhen aussteigt, sich hohheitsvoll umsieht ... und mit ihrem Absatz im Pflaster des Hofes stecken bleibt«, wispert Mia grinsend.

Aber die Frau, die nun aus dem teuren Wagen herauskommt, trägt Jeans, T-Shirt und Sneakers. Geschminkt ist sie auch nicht. Immerhin!

Jetzt öffnet sich auch die Beifahrertür einen Spalt. Ein kleines, sehr schlankes Mädchen mit hellblondem Zopf steckt seinen Kopf heraus. Mit großen blauen Augen sieht es uns an, dann schiebt es sich langsam aus dem Auto. Ein bisschen verloren sieht es aus, wie es blass und mit ineinander verschränkten Händen neben dem großen dunklen Wagen steht.

Wie schmal sie ist! Nur ungefähr halb so breit wie Mia, überlege ich. Dabei soll sie sogar ein Jahr älter sein; meine Freundin ist ja erst zwölf. Na gut, Mia ist ja auch ziemlich kräftig gebaut, ganz und gar nicht dick, sondern muskulös und trainiert vom Reiten, Ausmisten und Strohballenschleppen.

Gerade geht die Frau zu ihrer Tochter hinüber, legt ihr liebevoll den Arm um die Schultern und spricht ein paar Worte mit ihr. Dann kommen die beiden zu uns.

Frau Falkmann hat ein total sympathisches Lächeln, finde ich.

Leonie dagegen lächelt nicht. Ungefähr einen halben Schritt hinter ihrer Mutter geht sie auf Vera zu und gibt ihr die Hand. Die beugt sich ein wenig zu ihr hinunter und sagt ein paar Worte, die ich nicht verstehe.

»Arrogant scheint diese Leonie nicht zu sein«, stellt Mia ganz leise fest.

Philipp nickt.

Da rumpelt es im Stall. Mit lautem Knall fällt irgendwas um, dann rennt Erna quiekend direkt auf Vera zu. Mit nachdrücklichem Grunzen macht sie vor unseren Gästen eine Vollbremsung, dann beschnuppert sie Frau Falkmann mit ihrer feuchten Schweinenase.

Die schaut zuerst verdutzt, doch dann fängt sie schallend an zu lachen.

Leonie dagegen ist kreideweiß geworden und hat sich hinter ihre Mutter verdrückt. Erschrocken zuckt sie zusammen, als jetzt auch noch Wuschel im Haus laut zu bellen anfängt.

Mia schüttelt den Kopf. »Herrgott noch mal, macht die ein Theater«, flüstert sie. »Dabei hat Vera den Falkmanns doch schon am Telefon gesagt, dass sie ein zahmes Schwein und einen großen, aber herzensguten Hund hat. Das hab ich mitgekriegt, weil ich gerade die Fenster in ihrem Büro geputzt habe.«

Philipp zuckt die Schultern. Dann geht er zu Erna und schnappt sie an ihrem ledernen Halsband, um sie wieder im Stall einzusperren.

Hoffentlich hält sie es dort wenigstens so lange aus, bis wir ins Haus gegangen sind!, überlege ich. Sonst kriegt diese Leonie noch einen Herzinfarkt.

»Na, wenigstens traut sie sich jetzt wieder hinter ihrer Mami hervor«, ätzt Mia leise.

Ich nicke nur. Dann atme ich noch einmal tief durch, gehe kurz entschlossen auf Leonie zu, reiche ihr die Hand und sage freundlich: »Hallo. Ich bin Hanna Wertheimer und helfe Vera öfter im Stall. Außerdem wohne ich gleich nebenan.«

»Hallo«, piepst Leonie und gibt mir ihre schmale Hand. Sie ist eiskalt.

Ich drücke sie betont vorsichtig. Dabei sehe ich aus den Augenwinkeln, dass nun auch Mia auf uns zukommt.

»Hi«, sagt sie herzlich und streckt Leonie so schwungvoll ihre Hand entgegen, dass die einen halben Schritt zurückweicht. Dann ergreift sie Mias Hand aber doch. Meine Freundin schüttelt sie kräftig und fährt dabei fort: »Ich bin die andere, die öfter auf dem Hof mitarbeitet. Mama ist Veras beste Freundin, darum war ich hier schon ganz oft im Pferdestall, bevor ich laufen konnte. Meine Eltern sind auch Bauern in Gessenhausen. Wir haben sechzig Milchkühe und eine Herde Milchziegen, außerdem zehn Hühner, einen Hund und fünf Katzen.«

Schweigend sieht Leonie sie mit ihren großen Augen an, dann nickt sie und zieht ihre Hand wieder zurück.

»Und das ist mein Sohn Philipp«, erklärt Vera, weil der gerade aus dem Stall zurückkommt. Dabei schiebt sie ihren Sprössling sanft, aber mit Nachdruck zu dem Mädchen hinüber.

»Tag«, sagt Philipp und hält ihr seine mächtige Pranke hin.

Schweigend sieht Leonie zu dem breitschultrigen Jungen auf, der sie um mindestens zwei Köpfe überragt. Zögernd streckt sie wieder ihre rechte Hand aus und er ergreift sie ungewohnt behutsam.

»Dann lasst uns mal alle ins Haus gehen«, fordert uns Vera auf.

»Okay, und danach zeigen wir Ihnen die Pferde, ja?«, schlägt Mia vor.

»Klar, supergerne«, strahlt Frau Falkmann.

Leonie schaut uns an, immer noch schweigend. Und was ich in ihren Augen lese, ist alles andere als Freude. Vielleicht ... vielleicht ist es Angst.

Na bravo, denke ich. Das kann ja heiter werden.

Über eine Stunde lang haben wir am Mittagstisch gesessen, doch jetzt sind wir endlich unterwegs zum Pferdestall. Philipp hat heute Vormittag extra wegen Leonie zwei Haflinger von der Weide geholt. Mia und ich haben die beiden gründlich geputzt und in ihre Boxen gestellt. Dabei ist mir mal wieder flau im Magen geworden. Denn das eine Pferd ist Wotan, Veras prächtiger Zuchthengst, ihr ganzer Stolz. Und das andere ist natürlich meine liebe, gute Samantha. Als ich gesehen habe, wie Philipp sie über den Hof führte – ihr freundliches Gesicht, ihr in der Sonne leuchtendes, rotgoldenes Fell und die lange weiße, vom Wind gekräuselte Mähne – da hätte ich sie am liebsten am Halfter gepackt und tief im Wald versteckt.

Was ist, wenn Leonie tatsächlich Samantha reiten will?, überlege ich auch jetzt wieder und prompt bekomme ich feuchte Handflächen.

Mindestens hundertmal hab ich mir in den letzten Tagen gesagt, dass Leonie doch nur relativ kurze Zeit bleibt und dass ich währenddessen andere Pferde reiten kann. Eigentlich soll es sogar nicht gut sein, wenn man ständig immer nur auf ein und demselben Pferd sitzt. Dann sammelt man nämlich zu wenig Erfahrungen, heißt es.

Aber auch das hat mir nicht wirklich geholfen. Samantha und ich gehören nun mal zusammen. Natürlich ist Vera Leitmayr ihre Besitzerin, ganz klar. Doch in meinem Herzen ist Samantha längst mein Pferd geworden. Und ich fürchte, das lässt sich nicht mehr ändern.

Aber egal was passiert, ich werde in den sauren Apfel beißen. Immerhin habe ich einen Eid geschworen.

Jetzt haben wir den Stall erreicht. Als Vera die Tür öffnet, stößt Wotan ein lautes, wildes Hengstwiehern aus. Ungeduldig stößt er mit seinem Vorderhuf gegen die Boxenwand. Kein Wunder, er möchte raus aus dem dunklen Stall, in die Sonne, auf die Weide, in die Freiheit! Mit erhobenem Kopf, geblähten Nüstern und gespitzten Ohren schaut er uns an.

»Wunderschön!«, flüstert Frau Falkmann.

Leonie bleibt stehen.

Doch ihre Mutter ist so beeindruckt, dass sie das gar nicht bemerkt. »Darf man ihn streicheln?«, fragt sie.

»Aber ja«, erklärt Vera. »Wotan ist gut erzogen. Er wird nicht nach Ihnen schnappen, wie es manche Hengste tun.«

»Prima.« Vorsichtig streckt Frau Falkmann ihre Hand nach ihm aus und lässt ihn daran schnuppern, dann streichelt sie ihm über die Stirn und die Mähne und den muskulösen Hals. Danach erst wendet sie sich nach ihrer Tochter um, die immer noch im Gang steht, genau da, wo sie eben angehalten hat.

»Siehst du, er ist ganz brav«, sagt sie in ermutigendem Tonfall.

»Komm ruhig näher«, fordert Vera sie auf.

Nun setzt sich Leonie in Bewegung, so langsam, dass Mia mir einen ungeduldigen Blick zuwirft. Endlich ist sie bei Wotan angekommen, vorsichtig streckt sie ihre schmale Hand aus ... und zieht sie sofort wieder zurück, weil der Hengst schnaubt.

»Du musst ja auch nicht«, meint ihre Mutter. In ihrer Stimme schwingt ein enttäuschter Unterton mit.

»Natürlich nicht«, bestätigt Vera, »komm, ich zeige dir unsere Samantha.«

Ihre Worte versetzen mir einen heftigen Stich. Aber als Leonie sich zu uns umsieht, zwinge ich mich zu einem gequälten Lächeln.

Wir gehen in den Nachbarstall, in dem die arme Samantha völlig alleine steht. Als wir hereinkommen, wiehert auch sie ganz leise.

Am liebsten wäre ich zu ihr hingelaufen, hätte meine Arme um ihren Hals gelegt und mein Gesicht in ihre Mähne gedrückt. Stattdessen bleibe ich zwei Schritte vor ihrer Box stehen. Da streckt sie ihren schönen Kopf nach mir aus, als wolle sie mir sagen: »Warum kommst du nicht näher? Und warum streichelst du mich nicht, so wie sonst immer?«

Ich atme ganz tief durch und schlucke ein paar Tränen herunter.

»Noch so ein tolles Pferd!« Frau Falkmann strahlt.

Vera nickt und in ihren Augen leuchtet der Stolz. »Samantha ist unsere beste Zuchtstute. Sie ist jetzt acht Jahre alt und erwartet im nächsten Frühjahr ihr drittes Fohlen. Das erste, ein Hengst, wurde sogar gekört, also zur Zucht zugelassen. Danach habe ich es an einen Züchter in der Schweiz verkauft.«

Während sie gesprochen hat, ist Frau Falkmann auf Samantha zugegangen, hat sie an ihrer Hand schnuppern lassen und danach ihren langen Stirnschopf zur Seite geschoben.

»Was für freundliche Augen sie hat«, sagt sie.

»Unsere Samantha ist besonders brav«, bestätigt Vera.

Mit Schrecken beobachte ich, dass man Leonie diesmal nicht auffordern muss. Ganz von selbst und sogar etwas schneller als eben geht sie auf Samantha zu und streckt, wenn auch sehr vorsichtig, ihre Hand aus, um sie über die weichen Nüstern der Stute gleiten zu lassen.

Ihre Mutter atmet sichtbar auf und auch Vera sieht erleichtert aus. Aber ich schaue genauer hin. Darum sehe ich, dass Leonie ihre andere Hand beinahe krampfhaft zur Faust ballt und dass sie ihre Lippen fest zusammengepresst hat. Statt Samantha weiter zu streicheln, lässt sie ihre Hand nun auch schon wieder sinken. Sie wendet sich ihrer Mutter zu und über ihr Gesicht zieht sich ein stolzes Lächeln.

»Das darf doch wohl nicht wahr sein!« Mia kann es nicht fassen. »Ausgerechnet der erste Gast auf dem Haflingerhof Glückstal hat eine Heidenangst vor Pferden.«

Vera hat Frau Falkmann verabschiedet und jetzt zeigt sie

Leonie ihr Zimmer. Darum haben wir uns wieder mal bereit erklärt, die Boxen für die Stuten und Fohlen fertig zu machen. Wenigstens können wir dabei in Ruhe reden.

»Meine Mutter tut mir echt leid. Ich meine … hm … sie ist doch keine Psychologin oder so was«, gesteht Philipp, während er Stroh in einer Box verteilt.

Du machst dir also auch Sorgen, stelle ich fest.

»Angst vor Pferden … Wer hat denn so was und warum?«, schnauft meine Freundin, die gerade den nächsten Strohballen heranschleppt. »Das sind doch superliebe Tiere, genauso wie Katzen oder Hunde oder …«

»Oder Schweine?«, grinse ich.

»Ja klar, auch wie Schweine«, stimmt sie zu und lässt den Ballen vor meine Füße fallen. »Überhaupt: Warum macht dieses kleine Angsthäschen denn hier Ferien, wenn sie sich so fürchtet?«

Philipp, der mit seiner Box fertig ist, kommt zu uns und lehnt sich an die Wand.

»Ich hab das Gefühl, sie ist eigentlich nur hier, weil ihre Mutter sich das so sehr wünscht«, erkläre ich.

Mia runzelt die Stirn. »Stimmt schon, Frau Falkmann mag Pferde echt gern. Und eine von der ängstlichen Sorte ist sie wohl auch nicht.«

Philipp nickt.

»Sie muss sehr traurig darüber sein, dass Leonie so verängstigt ist«, sage ich und schneide die Kordeln, die den neuen Strohballen zusammenhalten, mit einem Taschenmesser auf. »Bestimmt hofft sie, dass ihre Tochter hier auf dem Reiterhof ihre Furcht vor Pferden überwindet. Vielleicht glaubt sie sogar, dass sie dadurch insgesamt ein bisschen mutiger wird.«

»Meinst du, das klappt?«, zweifelt Philipp.

Mia stützt sich mit der rechten Hand an der Wand ab. »Ich fürchte, dafür müsste deine Mutter so was wie ein Wunder vollbringen.«

»In ihrer Haut möchte ich jetzt echt nicht stecken«, gebe ich zu.

»Das tun wir aber alle, irgendwie«, findet Mia.

»Müssen wir etwa alle so was wie Psychologen sein?«, fragt Philipp entsetzt.

»Na ja.« Ich wiege den Kopf. »Wenn wir Vera unterstützen, hat sie eindeutig bessere Chancen, das mit Leonie hinzukriegen.«

»Wie sollen wir das machen?«, fragt er hilflos.

»Wir sind halt alle nett zu ihr«, schlage ich vor und denke mal wieder an unseren Schwur. »Bei jeder Gelegenheit erzählen wir ihr, wie schön das Reiten ist, und wenn sie Angst hat, machen wir ihr Mut. Dafür brauchen wir jede Menge Geduld.« Dann bücke ich mich, hebe die Bendel auf und rolle sie zusammen.

Als ich wieder aufschaue, sieht Mia mich beinahe verzweifelt an. »Ich fürchte, bei mir könnt ihr das vergessen. Ganz ehrlich: Diese Leonie macht mich rasend.«

»Wirklich?«, frage ich überrascht. »Mir tut sie eher leid.«

Verdutzt reißt Mia die Augen auf. »Nicht wirklich, oder? Also, ich finde ihr Benehmen irgendwie nicht ganz normal.«

»Übertreib mal nicht«, ermahnt Philipp sie.

Auch ich versuche, sie zu beschwichtigen: »Helfen musst du ihr ja nicht unbedingt. Das kannst du ruhig uns überlassen. Am besten hältst du dich einfach zurück. Und wenn's dir trotzdem zu viel wird, suchst du einfach für einige Zeit das Weite.«

Sie atmet tief durch. »Vielen Dank, ihr seid echt eine große Hilfe. Also, an mir soll's nicht scheitern. Ich werde mich zusammenreißen.«

»Okay«, erkläre ich zufrieden. »Und ansonsten gilt: Ich bin fürs Mutmachen zuständig und Philipp spielt den Gentleman. Einverstanden?«

»Ich???« Er wird dunkelrot.

Ermutigend klopfe ich ihm auf die Schulter und zwinge mich, nicht zu grinsen. »Das schaffst du schon!«

Aber er wirft mir einen ratlosen Blick zu.

Mia schüttelt den Kopf. »Wisst ihr, was? Ich komme mir ganz komisch vor, fast so, als wären wir Agenten mit Sonderauftrag.«

Jetzt muss ich aber doch kichern.

Auch Philipp grient in sich hinein. Doch dann fällt sein Blick auf die Uhr. »Wir müssen schneller machen, sonst werden wir nicht rechtzeitig fertig.«

»Alles klar«, erklärt Mia und geht eilig los, um den nächsten Strohballen zu holen. »Dann mal auf zum *Sonderkommando Leonie!*«

»Schau mal, Leonie, da oben sind sie«, sage ich und zeige auf die Pferde.

Ein paar Tage sind vergangen. Vera hat sich wirklich alle Mühe gegeben, ihrem Gast die Furcht vor Pferden wenigstens ein bisschen zu nehmen. Aber was immer sie auch versucht hat, sie konnte Leonie nicht zu mehr bewegen, als einem Pferd schüchtern über den Hals oder die Nüstern zu streicheln. Der einzige Erfolg, den Vera für sich verbuchen kann, ist, dass sich Leonie wenigstens ein bisschen an Wuschel und Erna gewöhnt hat.

Heute Abend sollen Mia, Philipp und ich die vier Stuten, die im Frühjahr keine Fohlen bekommen haben, von der Weide holen. Vera hat uns gebeten, Leonie mitzunehmen. Vielleicht sieht sie das ja als einen Teil ihrer »Therapie gegen die Angst«. Und mit Sicherheit glaubt sie, dass Leonie die ganze Zeit neben uns hergehen und dabei möglichst großen Abstand zu den Pferden halten wird. Aber da hat sie sich getäuscht! Sie hat ja keine Ahnung davon, dass wir uns eben auf den Heuboden verkrochen haben, um einen Plan zu schmieden. Jetzt bin ich ein bisschen aufgeregt. Hoffentlich, hoffentlich wird es klappen!

Wie immer geht Leonie meistens schweigend neben uns her. Nur wenn wir sie ansprechen, sagt sie etwas. Dann erreichen wir den Weidezaun, und sie reckt sich, um die Stuten, die ziemlich weit entfernt am Hang zwischen den Tannen stehen, besser sehen zu können. Und plötzlich fangen ihre Augen an zu glänzen!

»Sie sehen so schön aus«, flüstert sie.

Mia wirft ihr einen erstaunten Blick zu.

Ich dagegen denke erfreut: Offenbar mag Leonie Pferde ja doch. Das wird unserem Plan nur nützen.

Mit ein paar schnellen Bewegungen schlüpft Mia zwischen den Balken des Holzzaunes hindurch. Philipp folgt ihr, dann binden sie die vier Führstricke los, die seit heute Morgen an einem Pfosten hängen.

»Kommst du mit?«, frage ich Leonie, bevor ich hinter meinen Freunden herklettere.

Sie zögert, doch dann presst sie ihre Lippen fest zusammen und nickt.

Langsam windet sie sich unter dem Zaun durch. »Ja … wie wollt ihr die Pferde denn jetzt einfangen?«, fragt sie dann.

»Ganz einfach, wir rufen sie«, erklärt Mia. »Na los, Philipp, mach mal! Auf dich hören sie immer noch am besten.«

Er legt beide Hände an den Mund. »Fanniiieee! Hallooo!«

»Fanny ist die Leitstute dieser kleinen Herde«, erkläre ich Leonie. »Wenn sie lostrabt, folgen ihr die anderen mit Sicherheit nach.«

Von oben ertönt ein Wiehern, dann setzen sich die Pferde in Bewegung. Aber wie! Geschickt, wie Haflinger nun mal sind, galoppieren sie in einem derartigen Tempo den Abhang hinab, dass Staubwolken vom ausgetrockneten Boden aufwirbeln. Als sie die steilste Stelle erreicht haben, lassen sie sich einfach auf ihre Hinterteile fallen und rutschen ein Stück abwärts.

Ich hab das alles schon oft gesehen, aber ich bin immer noch fasziniert von dem Anblick der donnernden Hufe, der glänzenden Pferdekörper und der wehenden Mähnen und Schweife. Jetzt kann ich schon die geblähten Nüstern erkennen, die freundlich gespitzten Ohren und die dunklen Augen.

Kurz vor uns bremsen die Stuten ab, Fanny wie immer an der Spitze. Sie ist das am hellsten gefärbte Pferd; ihre immerhin schon achtzehn Jahre sieht man ihr nicht an. Seit Mai ist sie wieder tragend, und wenn alles gut geht, wird sie im nächsten April ihr achtes Fohlen zur Welt bringen.

»Das sah toll aus, oder?«, frage ich Leonie.

Weil ich keine Antwort bekomme, schaue ich mich um. Aber sie ist nicht mehr da!

Verdutzt drehe ich mich noch weiter um und sehe, dass sie sich schnell wieder auf die andere Seite des Zaunes verkrochen hat.

»Komm, Hanna, wir brauchen dich hier!«, ruft mich Mia. Sie hat schon angefangen, die Stricke an den Halftern der Stuten festzumachen.

Na gut, was Leonie angeht, kann ich jetzt erst mal nichts machen. Eilig gehe ich zu den Pferden, nehme Mia ein Seil ab und befestige es an Samanthas Halfter.

Erst jetzt fällt auch meiner Freundin auf, dass Leonie fehlt. Sie reckt sich, sieht sie und runzelt die Stirn. »Ziehen wir's trotzdem durch?«, fragt sie leise.

»Klar«, flüstert Philipp entschlossen.

»Wenn nicht jetzt, wann dann?«, wispere ich zurück.

»Okay.« Mia atmet tief durch, dann sagt sie laut: »Komm schon rüber, Leonie! Ohne dich sind wir nur drei. Das bedeutet: Eine Stute musst du nehmen.«

Innerhalb einer Sekunde wird Leonie zehn Zentimeter kleiner.

Ich halte die Luft an.

Jetzt richtet sie sich wieder ein bisschen auf und schüttelt energisch den Kopf.

Mia wendet ihr Gesicht ab, verdreht die Augen und murmelt einen saftigen Fluch.

»Jeder von uns kann nur ein Pferd führen«, behaupte ich. Das ist zwar gelogen, aber ein Teil unseres Plans. »Was sollen wir denn machen, ohne dich?«

»Wir haben ganz fest mit dir gerechnet«, beteuert Philipp. Leonies Antwort ist hilfloses Schweigen. Oh je, was machen wir denn jetzt ...? Aber ja!

Mir ist tatsächlich etwas eingefallen. Die Idee ist nicht mehr als ein Strohhalm, aber ich muss es versuchen.

»Nimm einfach die Fanny«, schlage ich vor.

»Aber ... die ist doch die Leitstute«, wendet Leonie ein.

»Darum ist sie doch kein wildes Ungeheuer«, protestiert Philipp.

»Er hat absolut recht«, unterstützt ihn Mia. »Eine Leitstute ist einfach nur das klügste und erfahrenste Pferd in einer Herde. Fanny ist wirklich ganz besonders ruhig und brav. Wenn du mich fragst, ist sie sogar das liebste Pferd auf dem ganzen Reiterhof Glückstal.« Gerade hat sie die Stute am Führstrick festgemacht. Darum geht sie jetzt mit ihr zum Zaun und hält Leonie das Seil hin.

»Aber ... aber die anderen Pferde«, widerspricht sie. »Was ist, wenn mich eins von denen tritt?«

»Machen die nicht«, versichert Philipp mit bewundernswerter Geduld.

»Stimmt genau«, bestätige ich. »Mich hat hier jedenfalls noch nie ein Pferd getreten.«

Mias Gesichtsausdruck spricht Bände. Ich glaube, sie steht kurz vorm Platzen.

Ich bin der Verzweiflung nahe. »Der Eid!«, wispere ich ihr zu. Dann flehe ich Leonie beinahe an: »Bitte! Ohne dich schaffen wir es nicht.«

Sie sieht mich an, als hätte ich sie gerade zum Tode verurteilt. Aber dann holt sie noch einmal tief Luft ... windet sich tatsächlich unter dem Zaun durch und streckt zögernd ihre Hand nach dem Führstrick aus, den Mia ihr immer noch hinhält.

Fanny hat uns mit gespitzten Ohren beobachtet. Nun streckt sie neugierig ihren Kopf vor und beschnuppert die Hand des unbekannten Mädchens.

Wieder presst Leonie ihre Lippen zusammen. Stocksteif steht sie da, aber sie lässt es geschehen. Ja, sie hält es sogar aus, dass Fanny einen Schritt auf sie zugeht.

Die Stute ist jetzt dicht neben ihr. Interessiert, beinahe auffordernd schaut sie Leonie an, ganz so, als wollte sie sagen: »Wie wär's, wenn du mich mal streichelst?«

Leonie regt sich nicht. Fast verzweifelt sieht sie aus, angespannt und voller Angst. Mit Sicherheit würde sie am liebsten weglaufen. Doch Fanny sieht sie weiter freundlich an. Dann stupst sie ihr mit der Nase gegen den Arm.

»Fanny möchte gestreichelt werden. Mach doch einfach mal!«, fordert Mia sie in leicht genervtem Tom auf.

»Meinst du?«, fragt Leonie unsicher.

»Hand ausstrecken, kraulen!«, bestätigt Philipp.

Tatsächlich legt Leonie ihre Finger auf Fannys Stirn. Und die Stute hält ganz still. Sie scheint die Berührung der schmalen Hand, die langsam über ihren Nasenrücken und ihre Nüstern gleitet, sogar sehr zu genießen. Dann legt sie vorsichtig ihr Kinn auf die Schulter des Mädchens.

Mit großen, ungläubigen Augen sieht Leonie Fanny an. Dann lehnt sie ihre Wange an die weichen Nüstern.

Der Moment hat etwas Unbeschreibliches, Magisches. Ich wage kaum zu atmen. Keine Ahnung, wie viel Zeit vergangen ist, als Philipp fragt: »Können wir jetzt los?«

Leonie schaut uns an, dann nickt sie.

»Okay.« Er geht mit der Stute Almrose am Strick zum Tor, öffnet den Riegel und meint zu Leonie: »Gehst du voran? Fanny ist ja die Leitstute.«

Prompt zuckt sie zusammen und starrt ihn an. Aus ihrem Blick spricht Panik.

»Der Idiot!«, zischt Mia.

Da stößt Fanny dem Mädchen behutsam gegen die Schulter. Leonie schaut sie an ... und plötzlich zieht sich ein Lächeln über ihr Gesicht. Wortlos setzt sie sich in Richtung Tor in Bewegung.

»Ich glaub's nicht«, haucht Mia.

Auch ich kann es kaum fassen. Ich muss mich mächtig zusammennehmen, um nicht wie festgefroren stehen zu bleiben, sondern mit Samantha langsam hinter Leonie herzugehen.

Mia mit Merry und Philipp mit Almrose folgen uns.

Leonie ist aufgeregt, das sehe ich sogar von hinten. Sie bewegt sich auffällig verkrampft und sie hält den Führstrick so fest umklammert, dass ihre Fingerknöchel ganz weiß geworden sind.

Und Fanny?

Ruhig geht sie neben dem verängstigten Mädchen her. Aber sie beobachtet es genau, das sehe ich an ihren aufmerksam hin und her spielenden Ohren. Hat sie begriffen, dass es jetzt ganz und gar auf sie ankommt?

Jedenfalls entspannt sich Leonie mit der Zeit immer mehr. Als wir auf dem Hof ankommen, hat sie so viel Selbstvertrauen gewonnen, dass sie Fanny sogar in den Stall führt.

Brav bleibt Fanny vor ihrer Box stehen, obwohl das Kraftfutter schon in ihrer Krippe liegt. Sie wartet geduldig ab, bis Philipp der ratlosen Leonie helfen kann, die Stute in ihre Box zu bringen und ihr das Halfter abzunehmen. Dann erst macht sich Fanny über ihr Abendessen her.

»Das war super!«, lobt Philipp unseren Gast.

Sie strahlt über ihr ganzes Gesicht; richtig selig sieht sie jetzt aus.

»Stimmt absolut«, bestätigt Mia, die gerade die Führstricke einsammelt.

Ich kann nur nicken, denn ich kann immer noch kaum glauben, was ich gerade gesehen habe.

Wir haben's geschafft! Ja, wir haben es wirklich hingekriegt, sage ich mir immer und immer wieder. Doch irgendwie scheint diese Erkenntnis nicht in meinem Gehirn anzukommen.

Trotzdem: Jetzt, wo Leonies Gesicht zum ersten Mal nicht mehr von Verlegenheit und Angst gezeichnet ist, fällt mir zum ersten Mal auf, wie hübsch sie ist.

Erst am nächsten Morgen wird mir wirklich klar, was passiert ist. Als ich aufwache, bin ich total glücklich; es macht mir nicht mal was aus, dass mich Caruso diesmal schon um sechs Uhr aus dem Schlaf kräht.

Doch als Mia und ich gegen halb zehn zum Reiterhof Glückstal kommen, verfliegt meine fröhliche Stimmung mit einem Schlag. Vera geht nämlich mit einem aufgezäumten Pferd am Zügel auf die wartende Leonie zu. Und dieses Pferd ist zu meinem großen Schrecken Samantha!

Wortlos legt mir Mia die Hand auf die Schulter.

Leonie will anscheinend wirklich reiten. Sie trägt Reithose und Stiefel und sie hat eine Reitkappe unter dem Arm.

»Das ist Samantha«, stellt Vera die Stute vor. »Ich hab sie für dich ausgesucht, weil sie ein besonders liebes Pferd ist. Bestimmt wird es dir einen Riesenspaß machen, wenn du auf ihr sitzt.«

Leonie sagt nichts. Erst als Vera an ihr vorbeigegangen ist, sich über die Schulter nach ihr umschaut und auffordernd »Komm!« sagt, setzt sie sich in Bewegung und tapst hinter den beiden her.

»Glücklich sieht sie aber nicht gerade aus«, bemerkt Mia,

als wir den dreien mit einigem Abstand zum Reitplatz folgen.

Ich antworte nicht, denn in meinem Hals steckt ein dicker Kloß.

Als wir angekommen sind, bleiben Mia und ich am Zaun stehen. Ich verschränke meine Arme ineinander, lege sie auf den obersten Balken der Umzäunung und stütze mein Kinn darauf.

Vera hat mit Samantha in der Mitte des Platzes angehalten und schaut Leonie auffordernd an.

Die macht einen Schritt, dann noch einen – und Samantha stampft mit dem Hinterhuf auf, um eine lästige Fliege abzuwehren.

Sofort bleibt Leonie stehen. Händeringend sieht sie meine geliebte Stute an, die nun wieder ganz ruhig dasteht und nicht mal mit den Ohren zuckt.

»Nun mach schon!«, fordert Mia sie auf. »Samantha ist das bravste Pferd der Welt. Na gut, Fanny mal ausgenommen. Trotzdem …«

Leonie macht noch einen zögernden Schritt. Doch dann wirft sie Vera einen verzweifelten Blick zu.

»Reitkappe anziehen und aufsteigen, wie wär's denn damit?«, legt meine Freundin nach.

Jetzt reicht's aber!, denke ich und stoße ihr heftig mit meinem Ellenbogen in die Rippen.

Leonie sieht zuerst ihre Reitkappe an, dann ihre Reitlehrerin … und schüttelt langsam den Kopf.

Vera atmet tief durch. »Möchtest du Samantha erst mal ein bisschen streicheln?«

»Woher nimmt sie bloß ihre Geduld?«, flüstere ich.

»Sie hat halt ein gutes Herz«, antwortet Mia. »Und sie hat

der Frau Falkmann versprochen, dass Leonie bei ihr das Reiten lernt.«

»Das hat sie sich bestimmt einfacher vorgestellt«, gebe ich zurück.

Mia zuckt die Achseln. »Okay. Aber stell dir mal vor, sie flippt gleich bei ihrem ersten Gast aus. Das wird sich doch rumsprechen und dann kann sie ihre Reiterpension vergessen.«

»Du, Samantha macht ganz weiche Schritte«, erklärt Vera jetzt, weil Leonie immer noch stocksteif vor ihr steht. »Und überhaupt: Reiten ist wirklich wunderschön. Wenn du erst mal auf ihr draufsitzt, gibst du mir bestimmt absolut recht.«

Da schüttelt die Stute den Kopf, bestimmt wieder nur wegen einer Fliege. Doch Leonie zuckt zusammen, sieht in die Runde und sagt entschlossen: »Nein.« Vera bleibt erst mal die Luft weg.

»Beim Frühstück hast du gesagt, dass du heute mit dem Reiten anfangen möchtest«, erinnert sie Leonie schließlich. »Das hast du doch ernst gemeint, oder?«

»Ja ... schon«, gibt Leonie zu.

Vera runzelt die Stirn »Und was soll ich jetzt machen?«

»Keine ... keine Ahnung«, stottert ihre Schülerin. »Weil ... Pferde sind so groß und ... so unglaublich stark. Was ist, wenn Samantha mich tritt oder mich umrennt oder ... oder wenn ich herunterfalle?«

»Darüber würde ich mir keine Gedanken machen«, meint Mia. »Das ganze Leben ist gefährlich, sogar während man schläft. Stell dir vor: Mein großer Bruder ist tatsächlich mal aus dem Bett gekullert und hat sich dabei die Hand gebrochen. Überhaupt: Wenn du nicht vom Pferd fällst, rutschst du vielleicht auf der Treppe aus oder ein Ziegelstein fällt dir auf den Kopf. Das kann auch ganz schön wehtun.«

Auweia!, denke ich entnervt. Hoffentlich kriegt Leonie jetzt nicht auch noch Angst vorm Treppensteigen und vorm Spazierengehen!

Vera dagegen wirft Mia einen dankbaren Blick zu.

Aber Leonie ist tatsächlich noch eine Spur blasser geworden. »So hab ich das noch nie gesehen«, gesteht sie leise.

»Ist aber so«, versichert Mia. »Also: nur Mut! Sonst verpasst du das Allerschönste im Leben.«

»Mut«, murmelt Leonie. Dann hebt sie entschlossen den Kopf. »Ja, ich werde reiten. Aber auf Fanny.«

Den Freudenschrei, der jetzt in mir aufsteigt, kann ich nur mit größter Mühe unterdrücken.

Verdutzt sieht Vera sie an. »Warum denn ausgerechnet Fanny?«

»Ich ...« Sie atmet tief durch. »Ich mag sie total gern. Gestern hab ich sie nämlich in den Stall geführt und da war sie einfach nur lieb.«

»Du hast Fanny geführt? Ganz alleine?«, fragt Vera fassungslos.

»Das hat sie wirklich«, bestätige ich. »Ohne sie wären wir ja nur zu dritt gewesen. Und wir mussten doch vier Pferde führen.«

Mia nickt heftig. »Da brauchten wir unbedingt Leonies Hilfe.«

»Ja, warum?« Vera schaut noch verwirrter, doch dann geht ihr endlich ein Licht auf. »Und das hat geklappt?«

»Einwandfrei«, bestätige ich.

»Tja, also dann ... meinetwegen«, beschließt sie.

»Wenn du willst, putzen wir die Fanny schnell für euch«,

biete ich an. »In der Zeit könnt ihr Samantha absatteln und zurück auf die Weide bringen und schon in einer Viertelstunde geht's weiter.«

»Ist gut. Vielen Dank!«, meint unsere Reitlehrerin.

Leonie strahlt über das ganze Gesicht. »Am liebsten würde ich ja Mia und Hanna helfen.«

Vera lächelt. »Aber gerne.«

Mein Herz singt vor Glück. Schnell drehe ich mich um und gehe voraus, damit Vera und Leonie mir nicht ansehen, wie unglaublich froh ich bin.

Da haben wir doch tatsächlich zwei Fliegen mit einer Klappe geschlagen, denke ich. Leonie will wirklich endlich reiten. Und weil sie das unbedingt auf Fanny machen möchte, muss ich meine Samantha nicht hergeben. Besser hätte es gar nicht laufen können.

Es dauert noch nicht mal fünfzehn Minuten, bis wir Fanny blitzsauber, gesattelt und aufgetrenst auf den Reitplatz bringen. Zu unserer Freude hat Leonie in dieser Zeit nicht nur heftig mit der Stute geschmust, sondern uns auch geholfen, indem sie ihr das Fell gebürstet und die Mähne gekämmt hat. Als sie sich nun die Reitkappe aufsetzt, sieht sie gar nicht mehr ängstlich aus, sondern fast schon ein bisschen glücklich. Langsam, aber mit geradem Rücken und leuchtenden Augen, geht sie auf die Stute zu.

Fanny schaut sie mit gespitzten Ohren an.

»Ich glaube, da haben sich zwei gesucht und gefunden«, bemerkt Mia.

Vera wirft uns einen dankbaren Blick zu.

»Magst du aufsteigen?«, will sie wissen.

Für einen Moment schaut Leonie sie unsicher an, doch dann nickt sie.

Vorsichtig fasst unsere Reitlehrerin sie um die Hüften … und schon sitzt Leonie auf dem kräftigen Rücken der Haflingerstute. Als sie auf uns herunterschaut und sich dabei mit beiden Händen in Fannys dichte weiße Mähne klammert, sieht sie so aus, als könne sie es selbst kaum glauben.

Ich halte mal wieder die Luft an. Aber die Stute steht ganz still da; sie schlägt nicht mal mit ihrem Schweif.

Ein paar Atemzüge wartet Vera noch ab. Dann fragt sie: »Und? Sollen wir ein bisschen spazieren gehen?«

Leonie nickt tapfer und Vera marschiert los. Auch Fanny setzt sich in Bewegung, so vorsichtig, als bestünde ihre Reiterin aus teurem Porzellan.

Ihr ist wirklich völlig klar, was für eine große Verantwortung sie trägt, denke ich bewundernd.

Ein ums andere Mal geht die Stute mit Leonie um den Platz. Die scheint bei jeder Runde ein bisschen größer zu werden. Irgendwann strahlt sie über ihr ganzes Gesicht und sie hört noch nicht einmal mit dem Strahlen auf, als Vera ohne ein weiteres Wort vom Reitplatz auf den Weg abbiegt.

Mia und ich wechseln einen Blick, dann schließen wir uns den dreien an. Meine Freundin geht an Fannys rechter Seite und ich an ihrer linken. So schlendern wir zwischen den Wiesen hindurch, ein Stück am Bach entlang, über eine hölzerne Brücke und an der Kapelle vorbei zurück zum Dorf. Fast eineinhalb Stunden sind wir unterwegs, und dabei erzählt uns Vera von Gessenhausen, von ihrem jahrhundertealten Bauernhof und von der alten Burg, deren Ruinen nur ein paar Hundert Meter hinter dem Dorf auf einem Hügel stehen.

»Hast du immer noch Angst?«, fragt Mia, als wir das Ortsschild erreicht haben.

Leonie überlegt einen Moment. »Eigentlich nicht. Das heißt ... nicht mehr so richtig. Jedenfalls nicht vor Fanny.« Liebevoll streichelt sie der Stute über den Hals.

»Das ist ja wohl die Hauptsache«, meint meine Freundin zufrieden.

»Möchtest du denn erst mal nur auf Fanny reiten?«, bietet Vera ihr an.

»Ja.« Sie strahlt noch mehr.

»Gut«, meint unsere Reitlehrerin. »Wie wäre es, wenn wir gleich heute Nachmittag weitermachen? Und heute Abend gebe ich dir noch ein drittes Mal Unterricht. Schließlich sollst du in diesen Ferien so viel wie nur möglich lernen.«

»Gerne«, antwortet Leonie. Und zu meiner Verwunderung klingt sie so, als wäre sie sich wirklich ganz sicher.

III

Der Überraschungsgast

Von nun an schwingt sich Leonie dreimal täglich in Fannys Sattel und mit jeder Reitstunde scheint sie ihre Angst etwas mehr zu verlieren. Bald traut sie sich sogar, ein bisschen an der Longe zu traben. Mia und ich stehen öfter am Reitplatz, und was sich vor unseren Augen abspielt, kommt uns wie ein kleines Wunder vor.

Aber all das gilt wirklich nur für Fanny! In ihrer freien Zeit verbringt Leonie zwar Stunde um Stunde am Zaun der Stutenweide, um mit ihrem Liebling zu schmusen. Doch um die anderen Pferde macht sie immer noch einen großen Bogen. Und als Vera ihr vorsichtig anbietet, einmal eine Reitstunde mit Samantha zu versuchen, lehnt sie entsetzt ab. Na gut, ich muss ja zugeben: Ich freue mich ein bisschen darüber.

Leonies Fortschritte sind aber nicht das Einzige, was uns zu denken gibt. Denn als Mia, Philipp und ich mal wieder die Boxen ausmisten, kommen Vera und Oma Leitmayr mit Wuschel und Erna im Schlepptau in den Pferdestall.

Philipp befördert noch eine Schaufel Mist in die Karre, stellt sein Arbeitsgerät zur Seite und sieht die zwei erwartungsvoll an.

»Du hast recht. Irgendwas Wichtiges muss passiert sein«,

stellt Mia fest, die sein wortkarges Verhalten wie immer viel besser versteht als ich.

Jetzt packt mich die Neugierde. »Was gibt's?«, frage ich, als die beiden Erwachsenen an unserer Box stehen bleiben.

»Am Freitagabend krieg'n wir einen neuen Gast«, informiert uns Oma erfreut.

Vera nickt. »Der Junge heißt Jan und ist vierzehn, also ungefähr ein Jahr jünger als Philipp.«

Während sie redet, krault sie Wuschel, der seinen pelzigen Kopf an ihre Hüfte drückt. »Gerade hat sein Vater mit mir telefoniert und alles klargemacht.«

»Jans Eltern hab'n hier in der Gegend zu tun«, ergänzt Oma. »Für so lang haben's ein'n Platz gesucht, wo ihr Buab sein' Spaß haben kann.«

»Richtig«, bestätigt Vera. »Da kam ihnen unser Hof gerade recht. Reiten kann Jan nämlich angeblich ganz gut.«

Philipp beginnt zu lächeln. Aber hinter seinem Rücken verdreht Mia die Augen. Und ich bekomme sofort wieder Angst wegen meiner Samantha.

»Herzlichen Glückwunsch«, gratuliere ich trotzdem.

»Danke«, strahlt Vera.

»Ich glaub, unsere Entscheidung, an Reiterhof aufzumach'n, war grad recht«, freut sich Oma.

»Sieht so aus«, bestätigt ihr Enkel.

Mir dagegen fällt gerade siedend heiß etwas ein. Ich grübele noch darüber nach, als Oma und Vera sich ein paar Minuten später verabschieden, um auch Leonie Bescheid zu sagen, die vermutlich mal wieder bei Fanny ist.

»Schön, dass sie so happy sind«, seufze ich, als die beiden samt Hund und Schwein den Stall verlassen haben.

»Warum?«, fragt Philipp und schnappt sich wieder die Schaufel.

»Überleg doch mal«, erkläre ich und fange an, die schon fast saubere hintere Hälfte der Box auszukehren. »Dieser Jan kommt hierher, weil seine Eltern arbeiten müssen und keine Zeit für ihn haben.«

»Du meinst, die schieben ihn auf den Reiterhof Glückstal ab?«, fragt Mia.

»Das klingt schon so, oder?«, vermute ich. »Am Ende hat er gar keine Lust auf die Ferien bei uns. Dann hat er bestimmt die ganze Zeit schlechte Laune und vermiest allen die Stimmung. Immerhin ist er ein Junge und die haben mit Pferden normalerweise nicht viel am Hut.«

»He!«, protestiert Philipp beleidigt.

»Hanna hat schon recht«, unterstützt mich Mia. »Du bist ja wohl ein seltener Einzelfall. Und Ausnahmen bestätigen nicht immer die Regel.«

Doch so leicht lässt er sich nicht überzeugen. »Vielleicht ist trotzdem ganz okay. Wo er sogar reiten kann ...«

Grinsend geht meine Freundin zu der vollen Karre, um sie aus dem Stall zu ziehen und auf dem Misthaufen auszuleeren. »Ich glaube, du bist ganz froh, wenn du es mal nicht nur mit Mädchen zu tun hast, stimmt's?«

Philipp nickt heftig.

»Das kann ich total verstehen«, erkläre ich. »Also gut, dann wollen wir einfach mal das Beste hoffen.«

Was mich angeht, gilt das aber nicht nur für den fremden Jungen, sondern noch viel mehr für meine Samantha.

In den nächsten Tagen ist Jan bei uns das Gesprächsthema Nummer eins. Sogar Leonie ist neugierig. Und unsere Spannung wird dadurch noch verschlimmert, dass die Leitmayrs sich aus unerfindlichen Gründen komisch benehmen: Oma wuselt wie wild durch die Gegend; sie putzt Jans Zimmer superschön heraus, bringt das ganze Haus noch einmal auf Hochglanz und bäckt mit Mias und Leonies Hilfe zwei Kuchen. Philipp dagegen wäscht am Tag von Jans Ankunft Zuchthengst Wotan von oben bis unten mit warmem Wasser und Shampoo ab. Das machen die Leitmayrs sonst nur, wenn sie mit ihm auf eine Pferdeschau gehen!

»Stell dir vor: Heute Morgen hab ich Vera beobachtet, wie sie im Pferdestall sämtliche Spinnweben entfernt hat«, berichtet Mia, als wir beide am gleichen Nachmittag von einem gemeinsamen Ausritt zurückkommen.

Verwundert schüttele ich den Kopf. »Dass sie sich diese Arbeit macht ... Komisch. Sie ist doch sonst nicht so übertrieben penibel.«

Mia nickt heftig. »Auch Philipp war eben merkwürdig nervös. Im Moment redet er sogar noch weniger als sonst.« Sie schüttelt den Kopf. »Aber wenn man einen der Leitmayrs fragt, was denn eigentlich los wäre, kriegt man nur eine ausweichende Antwort. Ob sie dieses Theater wirklich nur wegen Jan machen?«

Ich zucke die Achseln. »Angefangen hat die Unruhe jedenfalls, als wir erfahren haben, dass er kommt.«

Wir verlassen den Grasweg und biegen auf die Hauptstraße ein, die direkt zum Dorf führt.

»Lange kann es ja nicht mehr dauern, bis er hier ist«, vermutet Mia. »Danach wissen wir hoffentlich mehr.«

Wir reiten auf den Hof, satteln unsere Pferde ab und machen sie stallfertig. Ich bin dabei, die verschwitzten Stellen in Samanthas Fell mit warmem Wasser auszuwaschen, und

Mia kehrt den Schmutz zusammen, den wir aus den Pferdehufen herausgekratzt haben, als sie plötzlich mitten in der Bewegung innehält und zum Wohnhaus starrt.

Neugierig folge ich ihrem Blick.

Ach, es ist nur Philipp. Das heißt ...

Jetzt erscheint neben ihm noch ein Junge in der Tür. Er ist fast so groß wie unser Kumpel, aber schlanker und nicht ganz so breit gebaut, mit pechschwarzen Haaren und dunklen Augen.

Nun sieht er uns und lächelt uns zu.

Er hat ein sympathisches Lächeln, finde ich. Überhaupt sieht er total gut aus.

Die beiden kommen zu uns herüber.

»Das ist Jan«, erklärt Philipp überflüssigerweise.

»Hallo«, sagt der und hält Mia die Hand hin. Doch das bemerkt sie gar nicht. Sie sieht ihn nur mit großen Augen an.

Da grunzt es hinter den Jungs und Erna stupst Jan mit ihrer Schnauze an.

»Huch!«, macht er überrascht. »Ach, stimmt ja, ihr habt ein zahmes Schwein.«

Er beugt sich zu ihr hinunter, krault sie hinter den Ohren und meint: »Du bist wirklich eine coole Sau.«

»Äh ... hat dir eigentlich schon mal jemand gesagt, dass du so aussiehst wie Tom Ritter, nur jünger?«, fragt Mia, die ihn immer noch so merkwürdig ansieht. Jan schaut auf, lächelt wieder und seine dunkelblauen Augen beginnen zu leuchten. »Doch, das höre ich öfter.«

»Wer ist denn das?«, frage ich leicht verwirrt.

Er verzieht das Gesicht. Irre ich mich oder ist er ein bisschen beleidigt ...?

Fragt sich nur: Warum?

»Na hör mal!« Philipp klingt geradezu empört.

Und Mia schaut mich an, als hätte ich nicht mehr alle Tassen im Schrank. »Sag bloß, du hast noch nie was von Tom Ritter gehört! Er ist ein berühmter Schauspieler und Hauptdarsteller in *Der Bergpolizist.«*

Ja klar, das ist die neue Vorabendserie. Sie spielt im Berchtesgadener Land, das in Sichtweite von Gessenhausen direkt in den Alpen liegt. Darum ist in unserer ganzen Gegend der totale Hype wegen dieser Serie ausgebrochen. Oma Leitmayr hat noch keine einzige Folge verpasst und Mia auch nicht. Wegen der beiden hab ich hier und da mal eine Szene mitgekriegt, doch viele Gedanken hab ich mir deswegen noch nicht gemacht. Nun aber wird mir klar, dass *Der Bergpolizist* nicht nur hier, sondern in ganz Deutschland der absolute Hit sein muss. Denn der Typ, dessen Porträt mich neuerdings von den Covern sämtlicher Zeitschriften anlächelt, sieht Jan tatsächlich zum Verwechseln ähnlich. Nur dass der Mann auf den Fotos ein paar Jährchen älter ist als mein Gegenüber. Er hat sogar schon graue Haare an den Schläfen und Fältchen um die Augen. Offenbar ist er gerade noch diesseits der Verfallsgrenze.

»Seid ... seid ihr vielleicht verwandt?«, will Mia wissen.

Dass sie plötzlich stottert, wundert mich echt. So was sieht ihr gar nicht ähnlich.

»Richtig«, bestätigt Jan, der immer noch Erna streichelt. »Ich bin sein Sohn.«

So, wie er dabei guckt, ist er darauf aber auch so was von stolz ...

Na gut, aber das wäre ich vielleicht auch.

Trotzdem hat er jetzt bei mir ein paar Sympathiepunkte verloren.

Meiner Freundin hingegen ist gerade buchstäblich die Kinnlade heruntergeklappt.

Darum waren die Leitmayrs in den letzten Tagen so aufgeregt. Na gut, wenn der Sprössling eines berühmten Serienhelden bei ihnen Ferien macht, ist das wirklich ein bisschen ungewöhnlich. Allerdings ...

»Warum hast du uns denn nicht gesagt, dass Jan der Sohn eines berühmten Schauspielers ist?«, frage ich Philipp. »Das ist doch kein Geheimnis, oder?«

»Mama und Oma haben mich drum gebeten«, erklärt er. »Sie waren selbst so nervös und wollten nicht, dass ihr euch auch noch aufregt.«

Ich nicke nur. Die Maßnahme finde ich zwar ein bisschen übertrieben, aber wenn sie meinen ...

Jetzt findet Mia endlich ihre Sprache wieder: »Dann ... dann heißt du also Jan Ritter.«

Er schüttelt den Kopf. »Nicht wirklich. Ritter ist Papas Künstlername. In Wirklichkeit heißen wir Wagenbauer. Aber Papas Agent hat gemeint, dieser Name würde langweilig klingen, und zu lang sei er auch.«

»Okay, dann halt Jan Wagenbauer. Freut mich echt«, erkläre ich und strecke ihm meine Hand hin.

Jan richtet sich auf und lässt Erna los, was sie mit einem protestierenden Quieken kommentiert. Trotzdem schüttelt er meine Hand. Doch der Blick, mit dem er mich dabei ansieht, kommt mir ziemlich herablassend vor.

Vorsicht, Hanna!, ermahne ich mich. Vielleicht hast du ja Vorurteile und bildest dir das alles nur ein.

Trotzdem will mein ungutes Gefühl einfach nicht verschwinden.

»Kikerikiii!!!«

»Caruso! Nicht schon wieder!«, stöhne ich.

Grad hab ich so schön geträumt ...

Langsam gleite ich wieder in den Schlaf zurück und schon nach wenigen Atemzügen bin ich erneut mitten in meinem Traum. In einem langen rosa Kleid sitze ich auf dem Rücken von Samantha. Filmkameras und Mikrofone sind auf uns gerichtet, Regieassistenten und Beleuchter wuseln herum. Und dann ...

»Kikerikiii!!!«

Nun bin ich endgültig wach, zurück in meinem Bett, zurück in Gessenhausen, wo Caruso sich mal wieder die Seele aus dem Leib kräht. So ein Mist aber auch!

Ein kurzer Blick auf meinen Wecker verrät mir, dass es erst kurz vor sieben ist. Jetzt wünsche ich den übereifrigen Gockel endgültig zum Teufel.

Da höre ich, wie Papa die Haustür öffnet, um die Zeitung aus dem Briefkasten zu holen.

Ein Gutes hat das Ganze immerhin, versuche ich mich zu trösten. So kann ich in Ruhe mit ihm frühstücken, bevor er in die Uni fährt.

Mit einem Seufzer kämpfe ich mich aus dem Bett und schleppe mich zur Toilette.

Bald darauf sitzen wir gemütlich zusammen, trinken Kaffee und essen Rosinenstuten mit Marmelade. Ich bin immer noch total verschlafen und halb in meinem romantischen Traum gefangen.

Als Schauspieler vor der Kamera zu stehen, muss toll sein, überlege ich. Und wenn der eigene Vater ein echter Filmstar ist, dann ist das mit Sicherheit auch nicht schlecht. Dieser Jan kriegt bestimmt jede Menge spannender Sachen mit. Wer weiß, welchen Berühmtheiten er schon die Hand geschüttelt hat …

»He, was ist denn heute Morgen mit dir los?«

Huch!

Ich schaue zu Papa hinüber. »Alles klar. Was soll denn auch sein?«

»Eigentlich magst du Rosinenweißbrot doch gerne«, meint er. »Aber jetzt hockst du immer noch vor deiner ersten Scheibe und scheinst mit deinen Gedanken ganz weit weg zu sein. Ist dir vielleicht nicht gut? In der Uni geht gerade die Sommergrippe um.«

»Sorry«, entschuldige ich mich. »Mit mir ist alles klar, echt. Ich bin einfach noch nicht richtig wach. Der blöde Caruso hat mal wieder in aller Herrgottsfrühe gekräht.«

Papa lächelt. »Ja, dieser Hahn hat ein unglaubliches Talent, wirklich alles und jeden zu wecken. Manchmal würde ich ihn mir am liebsten schnappen und mit in meine Vorlesungen nehmen. Dann könnte er mit seinem Radau ein paar dauerverpennte Studenten am Dösen hindern.«

Jetzt muss ich lachen. »Wetten, vor den vielen Leuten wäre Caruso so verschüchtert, dass er keinen Ton mehr rauskriegt?«

Er grinst breit. »Tja, wer weiß? Und nun iss endlich mal was. Du musst heute doch bestimmt wieder Ställe ausmisten und ausreiten willst du mit Sicherheit auch. Mit ein bisschen was im Magen hat man dafür eindeutig mehr Energie.«

»Okay«, erkläre ich und beiße in mein Butterbrot.

Als er wenig später sein Geschirr in die Spülmaschine räumt und sich von mir verabschiedet, schmiere ich mir gerade die dritte Schnitte.

Vom Flur aus informiert er mich noch: »Heute kann es spät werden. Wir haben nämlich Besuch von einem Kollegen aus London. Der Mann ist Spezialist für die Wattwürmer an der nordenglischen Westküste. Hochinteressant!«

Igitt! Muss er ausgerechnet beim Frühstück von solch ekeligen Viechern reden? Angewidert schiebe ich mein Butterbrot zur Seite.

»Dann noch guten Appetit!«, ruft er mir zu. »Tschüss!«

Ich verdrehe die Augen und nehme mir die Zeitung.

»Mia ist heute aber früh dran«, murmele ich, als ich auf den Hof Glückstal komme.

An der Wand des Pferdestalles lehnt nämlich ihr Fahrrad. Aber von ihr ist weit und breit nichts zu sehen. Überhaupt ist der Hof menschenleer. Nur Erna kommt grunzend angetrabt und stupst mich an.

»Schon gut.« Ich bücke mich, kraule sie hinter den Ohren und schaue mich dabei weiter nach Mia um. Aber ich sehe nur Vera, die gerade aus dem Stall kommt, weil sie vermutlich die Pferde gefüttert hat.

»Guten Morgen, Hanna! Schon da?«, begrüßt sie mich gut gelaunt. »Philipp, Jan und Leonie sind noch beim Frühstück. Mia ist auch bei ihnen. Du kannst dich gerne dazusetzen. Oma hat bestimmt nichts dagegen, wenn du einen Kaffee mittrinkst und etwas isst. Die Haustür ist übrigens nur angelehnt.«

»Vielen Dank, das ist echt nett«, antworte ich und gehe in die Küche.

»Hallo.« Philipp, der sich gerade Kaffee eingießt, begrüßt mich als Erster.

Hm, wo lass ich mich denn jetzt nieder? Den Platz unter

dem Holzkreuz hat wie immer Mia besetzt, die mir gerade fröhlich einen guten Morgen wünscht. Links von ihr sitzt Jan, der sich immerhin dazu herablässt, mir zuzunicken. Und rechts von ihr befindet sich Leonie, die nur grüßend die Hand hebt, weil sie gerade einen vollen Mund hat. Philipp hat wie immer seinen Stammplatz auf dem Stuhl Mia gegenüber besetzt.

Dann bleibt für mich wohl nur der Hocker mit dem rot karierten Kissen übrig, der neben dem Herd steht.

Also hole ich ihn an den Tisch und lasse mich darauf sinken. Doch dann runzele ich die Stirn. Irgendwas ist heute anders. Fragt sich nur ...

Ja klar, Mia! Zum ersten Mal, seit ich sie kenne, hat sie ihre Haare nicht zu einem praktischen Zopf geflochten. Heute fallen sie in langen dunklen Locken offen über ihre Schultern.

Das sieht voll schön aus. Aber warum hat sie das denn ausgerechnet jetzt gemacht, wo wir doch gleich mal wieder den Pferdestall ausmisten wollen?

Etwa wegen Jan?

Kann gut sein, wo sie ihn doch gestern schon so heftig angehimmelt hat ... Oh Mann, der Junge kann sich ja wohl echt im Ruhm seines Vaters sonnen. Und ich hab schwer den Eindruck, dass er das auch reichlich macht.

Da kommt Oma herein. »Guat'n Morg'n, Hanna«, wünscht sie mir und befördert eine Tasse, einen Teller und Besteck vor meine Nase. »Magst an Kaffee und was ess'n?«

»Das ist lieb von Ihnen«, erkläre ich. »Aber essen möchte ich eigentlich nichts. Hab nämlich gerade erst ...«

Ich spreche nicht weiter. Während ich geredet habe, ist mein Blick auf Mias Teller gefallen. Und zu meiner Verblüffung ist das Brötchen, das darauf liegt, nur ein Mal angebissen.

Komisch, Mia hat doch sonst nie Probleme mit dem Appetit. Morgens schon gar nicht.

Während ich mir die Thermoskanne mit dem Kaffee nehme, schiele ich noch einmal unauffällig zu ihr hinüber.

Wie sie Jan ansieht! Dabei hat sie normalerweise null Interesse an Jungs. Der Einzige, mit dem sie gerne zu tun hat, ist Philipp. Alle übrigen gehen ihr eher auf die Nerven.

Jan scheint davon noch nichts gemerkt zu haben. Oder er tut nur so. Jedenfalls beißt er gerade hungrig in sein Nutellabrot. Na gut, er ist die bewundernden Blicke von Mädchen bestimmt gewöhnt, erst recht, seit *Die Bergpolizei* im Fernsehen läuft.

Nun nimmt sich Mia doch noch mal ihr Brötchen. Aber sie legt es gleich wieder auf den Teller, ohne hineinzubeißen. Vielleicht weil Jan gerade etwas sagt.

Leonie dagegen konzentriert sich voll und ganz auf ihr Croissant. Aber heute Morgen ist sie für ihre Verhältnisse unglaublich gesprächig. Gerade schwärmt sie Jan von den schönen Pferden auf dem Reiterhof Glückstal vor. Besonders natürlich von Fanny.

Interessiert schaut er sie an.

»Eigentlich wollte ich schon lange reiten lernen. Gleichzeitig hatte ich aber Angst vor Pferden«, gesteht sie bewundernswert ehrlich. »Doch bei Fanny ... Also, bei ihr ist das ganz anders. Ich kann sie streicheln, ich kann sie putzen und sie ist immer nur lieb. Sogar das Reiten macht mit ihr richtig Spaß. Inzwischen bin ich total froh, dass ich hergekommen bin. Gleich nach dem Frühstück hab ich meine nächste Reitstunde. Darauf freu ich mich richtig.«

»Ich bin auch schon gespannt, was heute passiert«, sagt Jan. »Meine Eltern reiten beide; meine Mutter hat ein eigenes Pferd, einen westfälischen Wallach, der sogar schwere Dressurlektionen beherrscht. Und mein Vater reitet Western. Er hat schon Wanderritte in den USA, Kanada und Australien gemacht. Vor drei Jahren hat er sogar in einem Hollywood-Western mitgespielt.«

»Cool!« Mias Augen sind riesengroß vor Bewunderung.

Philipp dagegen meint: »Na prima! Dann konnte wenigstens mal *ein* Schauspieler in diesen Cowboy-und-Indianer-Schinken ordentlich reiten.«

Gut gekontert, Philipp! Um nicht laut loszukichern, greife ich schnell nach meiner Kaffeetasse und trinke ein bisschen. Doch dabei verschlucke ich mich und huste und huste und japse nach Luft, bis Leonie mir kräftig auf den Rücken klopft.

»Jan kann wirklich gut reiten«, findet Mia.

Philipp ist eben mit Oma zum Einkaufen ins Nachbardorf gefahren. Es wird also noch ein bisschen dauern, bis wir zusammen mit dem Ausmisten anfangen können. Darum stehen wir mit Leonie am Zaun des Reitplatzes und sehen Jan zu, der gerade seine erste Reitstunde bekommt. Diesmal muss ich Mia recht geben. Locker, aber kerzengerade sitzt er auf seinem Pferd, das zu meiner großen Freude nicht meine Samantha, sondern Almrose ist. Die Stute ist noch recht jung, trotzdem bringt er sie dazu, mit gebeugtem Nacken und weit ausholenden Schritten um den Platz zu traben.

Wie Jan sich eben beim Putzen verhalten hat, gefällt mir allerdings überhaupt nicht. Dass er anfangs nicht wusste, wo er Halfter und Führstrick, Putzzeug, Trense und Sattel finden konnte, ist ja klar. Aber dass er Mia die Putzsachen und Philipp den Sattel hat schleppen lassen, fand ich mehr als merkwürdig. Die beiden sind doch nicht seine Bediensteten!

Also ich hab mir vorgenommen, dass ich für diesen arroganten Typen keinen Finger rühren werde! Wenigstens, solange das nicht wirklich nötig ist. Ich glaube, Philipp war auch ziemlich sauer. Jedenfalls hat er sich danach wortlos verzogen und wir haben ihn erst wiedergesehen, als er mit Oma ins Auto gestiegen ist. Mia allerdings ist von Jan so hingerissen, dass sie bestimmt gar nicht gemerkt hat, wie blöd er sich benimmt.

Jetzt reißt mich Leonie aus meinen Gedanken. »Später möchte ich auch mal so reiten können«, seufzt sie.

Vera, die in der Mitte des Platzes an einem Hindernis lehnt, lächelt zufrieden.

»Das war prima«, lobt sie ihn, als er gut zwanzig Minuten später mit elegantem Schwung aus dem Sattel gleitet. Dann sieht sie uns an. »Mia, hilfst du bitte, Almrose fertig zu machen und sie auf die Weide zu bringen? Jan kennt sich hier ja noch nicht so gut aus. Und Hanna, würdest du mit Leonie die Fanny zum Reiten fertig machen?«

»Aber gerne«, erklärt Mia. Mit ein paar schnellen Schritten ist sie neben Jan, der gerade sein Pferd vom Platz führt.

Ich dagegen bin heilfroh, dass ich mich um Leonie kümmern soll.

Als Mia und ich endlich in den Pferdestall kommen, ist Philipp wieder zurück. Er hat schon mit dem Ausmisten angefangen und wirft uns einen ärgerlichen Blick zu.

»Tut uns echt leid. Wir haben Leonie und Jan mit den Pferden helfen müssen«, erkläre ich und nehme mir den Besen.

»Vera hat uns darum gebeten«, ergänzt Mia. »Und schneller ging's nun wirklich nicht. Wir haben uns schon ziemlich beeilt.«

»Jan, ja?«, knurrt Philipp nur.

Sie zieht die Augenbrauen hoch. »Na klar. Ohne uns findet er sich hier doch noch gar nicht zurecht.« Dann beginnt sie, die Karre, die Philipp schon vollgeladen hat, zum Misthaufen zu ziehen.

»Und wo ist dieser Jan jetzt? Chillen oder was?«, brummt unser Kumpel.

»Na hör mal, er macht hier Ferien«, protestiert Mia von der Stalltür aus.

»Wenn du es genau wissen willst: Er schaut Leonie bei ihrer Reitstunde zu«, kläre ich ihn auf. »Dabei streichelt er mal wieder Erna. Die hat wohl einen Narren an ihm gefressen.«

Und damit ist sie garantiert nicht die Einzige.

Philipp grinst böse. »Ist ja auch kein Wunder!«, grollt er. »Schließlich schaut Erna mit Oma und Wuschel jede Folge der *Bergpolizei.«*

Ich muss kichern, denn das macht die Sau wirklich. Dann hockt sie auf ihrem runden Hinterteil neben Omas Sessel und sieht total gechillt aus. Aber das liegt wohl eher daran, dass Oma sie die ganze Zeit über mit der rechten Hand am Kopf krault, während sie mit ihrer Linken Wuschel streichelt. Tom Ritter interessiert Erna dagegen nicht die Bohne. Da bin ich mir völlig sicher.

»Jan könnte uns aber auch helfen«, knurrt Philipp. Er scheint wirklich wütend auf ihn zu sein.

Als Mia mit der leeren Mistkarre zurückkommt, ist ihr wohl auch klar geworden, dass mit Philipp heute Morgen nicht gut Kirschen essen ist. Darum arbeiten wir eine Zeit lang schweigend vor uns hin.

Wir sind so gut wie fertig, als Jan mit Leonie in den Stall geschlendert kommt. Die beiden scheinen Philipps umwölkte Miene nicht zu bemerken, denn Leonie verkündet strahlend: »Stellt euch vor: Ich bin heute zum ersten Mal galoppiert.«

»Was hast du gemacht?«, rufe ich ungläubig.

»Ja, wirklich«, erklärt sie. »Es hat sogar prima geklappt. Aber ich wollte mich ja auch nicht vor Jan blamieren.«

»Das war echt mutig«, findet Mia.

»Mhm«, macht Philipp immerhin.

Mit gönnerhaftem Gesichtsausdruck klopft Jan Leonie auf die Schulter.

Zum Mittagessen gibt es heute Philipps Lieblingsspeise, nämlich Omas sagenhaft leckeren bayerischen Kartoffelsalat mit Weißwürstchen und süßem Senf. Trotzdem ist seine Miene immer noch derart von Ärger überschattet, dass sie ihn beim Nachtisch fragt: »Hast heut nicht guat geschlaf'n, Buab? Warst schon beim Einkauf'n so verdreht.«

Er murmelt nur etwas Unverständliches und futtert weiter seinen Milchreis mit Vanillesoße.

»Seine Laune wird sich schon bessern, wenn ihr gleich ausreitet«, vermutet Vera. »Übrigens hätte ich nichts dagegen, wenn ihr Jan mitnehmen würdet. Gleichzeitig könnt ihr ihm ja ein bisschen die Gegend zeigen. Währenddessen gebe ich Leonie die nächste Reitstunde.«

Philipp schaut zur Seite, sodass sie und Jan sein Gesicht nicht sehen können, und verdreht die Augen.

Mia dagegen strahlt übers ganze Gesicht.

Eine gute Stunde später geht's los: Philipp sitzt wie meistens auf Wotan und ich natürlich auf Samantha. Jan hat die Reitstunde auf Almrose offenbar so viel Spaß gemacht, dass er sich die Stute auch für seinen Ausritt ausgesucht hat. Und Mia hat sich mit Merry gleich beim Losreiten neben ihm platziert.

»Ist schon schön hier, mit den Wäldern und den grünen Hügeln und den Bergen im Hintergrund«, meint er, als wir Gessenhausen hinter uns gelassen haben und über einen Hügel reiten. »Ich bin ja zum ersten Mal in dieser Gegend und …«

»Wirklich?«, unterbricht ihn Mia erstaunt. »Dein Vater ist doch wegen der Filmaufnahmen regelmäßig hier in der Nähe.«

»Das schon«, bestätigt er. »Doch bis jetzt musste ich dann halt immer zur Schule. Aber wo die Serie jetzt so großen Erfolg hat, werden bestimmt noch viele weitere Folgen gedreht und dann komme ich mit Sicherheit öfter hierher.«

»Dann kannst du uns ja ab und zu besuchen«, schlägt sie vor.

»Klar, warum nicht?«, meint er.

Nur ich sehe, dass Philipp bei seinen Worten ganz tief Luft holt.

Jan reckt sich. »Was sind denn das für verfallene Mauern, die da drüben über die Bäume hinausragen?«

»Das war mal eine Burg«, informiert ihn Mia.

»Das Tollste ist: Man weiß kaum etwas darüber, weder wer sie gebaut, noch wem sie im Laufe der Zeiten gehört hat«, schalte ich mich ein. »Das hat mein Vater mir erzählt.«

»Stimmt«, bestätigt meine Freundin. »Aber es gibt eine

Sage über dieses alte Gemäuer. Und die ist so was von unheimlich ...«

»Erzähl!«, fordert Jan sie auf.

»Na gut«, meint sie. »Es heißt, dass der Ritter, der es erbauen ließ, seine Frau in einem düsteren Keller der Burg lebendig eingemauert habe, weil sie ihm keine Kinder gebären konnte. Man sagt, sie sei dort verdurstet und verhungert. Noch heute soll man in besonders stürmischen Nächten ihre verzweifelten Schreie hören können. Und angeblich muss ihr bösartiger Ehemann zur Strafe in jeder Vollmondnacht auf der Burg spuken.«

»Genau«, schaltet Philipp sich ein. »Wir nennen ihn den Schwarzen Ritter.«

»Er soll nämlich wie ein großer dunkler Schatten aussehen«, ergänzt meine Freundin.

Puh! Davon hat Papa mir allerdings nichts erzählt. Aber vielleicht wollte er mir keine Angst machen.

Unser Gast dagegen wirkt kein bisschen erschrocken. »Ich glaube nicht an Gespenster«, behauptet er. »Der Gutshof, auf dem wir seit ein paar Monaten wohnen, ist sechshundert Jahre alt. Doch wir sind dort noch nie einem Geist begegnet. Dabei ist der Dachboden mit uralten Bildern, Möbeln und Geräten vollgestopft, die seine Vorbesitzer vergessen haben. Sogar eine verstaubte Ritterrüstung steht da oben.«

»Da hat aber bestimmt auch keiner seine Frau lebendig eingemauert«, wirft Mia ein.

»Oder das Gespenst hat eine Heidenangst vor euch«, ätzt Philipp.

Irre ich mich oder ist Jan jetzt mal wieder beleidigt? Der Blick, den er Philipp gerade zuwirft, spricht jedenfalls eine deutliche Sprache.

»Die Leute hier erzählen sich diese Geschichte schon seit Urzeiten«, gibt meine Freundin zu bedenken. »Das täten sie bestimmt nicht, wenn überhaupt nichts dran wäre.«

Das ironische Lächeln, das sich jetzt über Jans Gesicht zieht, kann ich überhaupt nicht leiden. »Wir können ja mal hingehen – mitten in der Nacht und natürlich bei Vollmond. Dann werdet ihr ja sehen, dass an dem ganzen Blödsinn nichts dran ist.«

»Bist du verrückt geworden?«, haucht Mia. Jan lacht. »Heute Abend frage ich mal Vera. Und dann werden wir ja sehen.«

»Lass den Quatsch«, mischt Philipp sich ein. »Das erlaubt sie niemals.«

»Mit Sicherheit nicht«, bekräftigt Mia. »Eher würde sie dich nach Hause schicken.«

Jetzt ist unserem Gast das Lachen vergangen. »Dann eben nicht«, brummt er. Und leiser fügt er hinzu: »Wie kann man nur so abergläubisch sein?«

Die gute Stimmung ist nun endgültig dahin. Schweigend reiten wir weiter, den Hügel hinunter. Dann kommen wir zum Bach.

»Wenn wir nach Gessenhausen zurückkehren, lassen wir unsere Pferde manchmal dadrin plantschen«, erklärt Mia, um wieder ein Gespräch in Gang zu bringen. »Magst du das nachher vielleicht auch mal ausprobieren?«

»Wenn du denn unbedingt nass werden willst ...«, brummt Philipp.

Jan zuckt die Achseln. »Kein Thema, es ist ja warm genug und ich bin kein Weichei.«

Philipp zieht die Augenbrauen hoch, sagt aber nichts mehr.

»Ihr habt hier echt viele Bäche und Seen«, bemerkt Jan.

»Hm. Und die kommen nicht von ungefähr«, erkläre ich. »Die Landschaft wurde von der letzten Eiszeit geformt, denn die Hügel bestehen meistens aus den Steinen und dem Schutt, die die riesigen Eismassen vor sich hergeschoben haben. Und die vielen großen und kleinen Seen sind entstanden, als die Gletscher vor etwa 10.000 Jahren getaut sind, weil es wärmer wurde.«

»Aha«, meint er, »schade nur, dass Leonie nicht dabei ist und all das auch mitkriegt.«

Mia zuckt die Achseln. »Dafür lernt sie im Moment ’ne Menge anderer Sachen. Außerdem können wir es ihr doch erzählen.«

Wir haben jetzt den Wald erreicht. Philipp, der wie immer an der Spitze reitet, trabt wortlos an. Wir anderen tun es ihm nach und in flottem Tempo geht es an den hohen Bäumen vorbei. Dabei schaut sich Philipp nicht ein einziges Mal nach Jan um, aber das ist auch nicht nötig. Obwohl er Almrose noch nicht so gut kennt und über diesen Weg zum ersten Mal reitet, sitzt er ganz ruhig und sicher im Sattel und die Stute scheint sich mit ihm total wohlzufühlen.

Reiten kann er wirklich gut, denke ich. Ansonsten ...

Nach einiger Zeit geht unser Feldweg in eine asphaltierte Straße über und wir lassen unsere Pferde wieder Schritt gehen.

Jan lenkt seine Stute neben Wotan, der unruhig mit dem Kopf wirft. »Ich würde ja gerne mal euren Hengst reiten.«

Oha!, denke ich erschrocken. Gleichzeitig kann ich deutlich sehen, dass Philipp ganz steif wird.

»Das kannst du dir abschminken«, brummt er.

»Ach ja?«, kontert Jan herausfordernd.

»Doch, wirklich«, mischt Mia sich von hinten ein. »Hengste sind schwerer zu reiten als Stuten oder Wallache. Sie sind aggressiver und sie ordnen sich den Menschen nicht so leicht unter.«

Jetzt entschließt sich auch Philipp, endlich mal ein paar Worte mehr zu sagen. »Kein Wunder. In einer Herde verteidigen Hengste nämlich die anderen Pferde, wenn Gefahr droht. Darum können sie nicht immer nur brav und friedlich sein.«

Das hab ich noch gar nicht gewusst.

Bisher hab ich immer ziemlich viel Respekt vor Wotan gehabt und war heilfroh, wenn ich nicht so viel mit ihm zu tun hatte. Aber jetzt sehe ich ihn in einem ganz anderen Licht.

Meine Freundin ist nicht ganz Philipps Meinung. »Okay, aber Wotan hat auch noch einen schwierigen Charakter. Ich kenne ihn, seit Vera ihn als junges Pferd gekauft hat. Trotzdem hab ich mich bis jetzt kein einziges Mal getraut, auf ihm zu reiten.«

»Schwierig ist er absolut nicht«, protestiert Philipp. »Bei ihm muss man halt unter allen Umständen der Boss bleiben. Egal wie sehr er sich aufplustert und den starken Mann spielt, man darf sich nicht von ihm beeindrucken lassen. Richtig Angst zu haben, geht auf gar keinen Fall. Wenn er aber einmal kapiert hat, dass man der Chef ist, hat man in ihm einen ganz treuen Freund. Er würde für mich durchs Feuer gehen. Da bin ich mir absolut sicher.«

Für seine Verhältnisse hat er gerade eine richtige Ansprache gehalten. Er muss Wotan wirklich sehr gernhaben.

»Ich hab überhaupt keine Angst vor ihm«, insistiert Jan.

»Darum gibt es auch keinen Grund, warum ich ihn nicht reiten sollte.«

Philipp wirft ihm einen Blick zu, als würde er ihm am liebsten eine runterhauen.

Auch Mia sagt nichts mehr. Aber das liegt wohl daran, dass sie im Moment ziemlich viel mit der unruhigen Merry zu tun hat.

Zum Glück biegt in wenigen Metern Entfernung ein Feldweg von unserer Straße ab.

»Wollen wir nicht endlich mal galoppieren?«, schlägt sie vor, denn ihre Stute will einfach nicht aufhören zu tänzeln.

»Von mir aus sofort«, erklärt Jan.

»Na dann los!«, bekräftige ich.

Wotan gibt sofort richtig Gas; er galoppiert so schnell los, dass der überraschte Jan mit Almrose hinter ihm zurückbleibt. Und mit Merry geht endgültig ihr Temperament durch. Sie buckelt so heftig, dass Mia sich in ihrer langen Mähne festklammern muss, dann schießt sie an Jan vorbei, hinter dem Hengst her. Samantha ist zum Glück nicht ganz so energiegeladen, aber sie folgt den drei anderen Pferden in ziemlichem Tempo. Mit Hochgeschwindigkeit geht es eine neue Anhöhe hinauf und dann weiter über den Hügelkamm. Eigentlich hat man von hier oben eine tolle Aussicht, aber wir sind so schnell unterwegs, dass ich mich ganz auf mein Pferd konzentrieren muss. Doch was soll's? Mit vollem Speed zu galoppieren, ist das Schönste auf der Welt!

Philipp lässt seinen Hengst erst langsamer gehen, als der Weg vor uns steil abwärtsführt. Beim Durchparieren hole ich endlich die anderen Pferde ein.

»Schau mal, Jan«, schnauft Mia. »Da drüben, hinter den

Baumwipfeln, kannst du den Waginger See sehen.« Sie zeigt mit ihrer Reitgerte nach rechts.

Er reckt sich. »Ja, wirklich. Die Häuser schräg gegenüber am anderen Ufer, ist das der berühmte Ferienort Waging?«

»Nein, der liegt noch ein bisschen weiter südlich«, erkläre ich. »Das Dorf da drüben ist Taching, der Hauptort der Gemeinde, zu der auch Gessenhausen gehört.«

»Ja klar«, realisiert er. »Über das Tachinger Fremdenverkehrsamt haben wir doch mein Zimmer auf dem Hof Glückstal gebucht.«

Langsam reiten wir weiter. Die Haflinger müssen sich jetzt ganz auf den Weg konzentrieren und sogar Merry gibt einigermaßen Ruhe.

»Mia, dein Pferd ist ja ganz schön temperamentvoll«, urteilt Jan, als wir unten angekommen sind. »Es macht ziemlich viel Ramba-Zamba; kaum zu glauben, dass es eine tragende Stute ist. Respekt, dass du so gut mit ihr zurechtkommst.« Er kann also auch mal was echt Nettes sagen!

Meine Freundin bekommt rote Wangen vor Stolz. »So schwierig ist die Merry nun auch wieder nicht. Sie hat ziemlich viel Power, aber sie ist auch eine ganz Liebe. Nichts von dem, was sie macht, ist böse gemeint. Und ich mag es total gerne, wenn beim Reiten so richtig was los ist. Ein Pferd, das einfach nur brav tut, was ich von ihm verlange, wäre mir viel zu langweilig. Ganz ehrlich: Ich bin froh, dass ich die Merry so oft reiten darf.«

»He!«, protestiere ich spontan. »Meine Samantha ist doch nicht langweilig, nur weil sie gelassener ist als deine Merry! Und ich kann auch nicht unbedingt schlechter reiten als du, nur weil sie sich braver benimmt. Frag doch einfach mal Vera danach.«

Ich bin echt stinksauer. Wie stehe ich denn jetzt da, vor Philipp und Jan? Das ist ja wohl voll peinlich! Bestimmt wird sich Jan ab jetzt noch arroganter mir gegenüber benehmen. Wenn solche blöden Bemerkungen öfter kommen, nur weil Mia ihn anhimmelt, muss ich mal ernsthaft mit ihr reden. Mia schaut mich verwirrt an. »Ich hab eben überhaupt nicht an dich gedacht. Außerdem weiß ich genau, dass du gut reiten kannst. Komm wieder runter, okay?«

Ich atme tief durch, dann beschließe ich trotz meines Ärgers, ihre Antwort als Entschuldigung zu nehmen.

Wahrscheinlich schwebt sie wegen ihres Angebeteten immer noch viel zu sehr auf Wolke sieben und weiß gar nicht, was sie einem an den Kopf wirft.

Da bekommt Jan plötzlich ziemlich viel mit Almrose zu tun. Die tritt nämlich in ein Loch und legt sich fast auf die Nase, sodass er sich überrascht auf ihrer Mähne abstützen muss. Doch im nächsten Moment sitzt er schon wieder fest im Sattel. Beruhigend klopft er ihr den Hals, wirft aber gleichzeitig einen besorgten Blick auf ihre Vorderbeine.

»Sie lahmt nicht«, beruhigt ihn Philipp.

»Zum Glück!«, meint Jan erleichtert.

Der kleine Schreck hat dazu geführt, dass ich mich wieder ein bisschen beruhigt habe.

Also, jetzt kriegt Jan von mir doch mal einen Pluspunkt. Ein Tierfreund scheint er nämlich schon zu sein.

Da dreht sich Philipp zu uns um. »Sollen wir noch mal traben? Ich möchte sichergehen, dass mit Almrose wirklich alles klar ist.«

»In Ordnung, aber bitte nicht zu flott!«, stimmt Jan ihm zu.

Wotan wird schneller und wir schließen uns ihm an. Tatsächlich hält Philipp ihn anfangs noch zurück, er sieht sich sogar immer wieder nach Almrose um. Aber sie hält ohne Probleme mit uns Schritt und so lässt er seinen Hengst schließlich doch ein bisschen flotter gehen.

Als wir den Bach wieder erreicht haben, wird Wotan von selbst langsamer. Schließlich bleibt er stehen und scharrt erwartungsvoll mit einem Vorderbein. Grinsend lässt Philipp ihm die Zügel lang und der Hengst geht eilig in das flache Uferwasser. Mit großen Schritten platscht er darin herum, sodass die Tropfen fliegen.

Ich folge den beiden. Merry trabt sogar in den Bach hinein, dann pflügt sie mit blitzenden Augen durch das seichte, nach allen Seiten spritzende Wasser. Mia wird patschnass, aber darüber lacht sie nur.

Nun lenkt auch Jan seine Almrose in den Bach. Obwohl er sich schwer zusammennimmt, kann ich ihm ansehen, dass er so was zum ersten Mal macht. Ihm ist die Aktion nämlich offenbar nicht ganz geheuer. Almrose dagegen freut sich. Ganz tief, fast bis zum Bauch, geht sie in das kalte Wasser, sodass ihr Reiter seine Beine ein bisschen hochziehen muss.

»Macht echt Spaß, oder?«, frage ich ihn.

»Reite trotzdem besser ein Stück näher ans Ufer«, warnt ihn Philipp.

Und Mia, der das Wasser inzwischen sogar aus den Haaren trieft, fügt hinzu. »In der Mitte ist der Bach ziemlich schlammig. Man kann darin stecken bleiben.«

»Wenn ihr meint«, antwortet Jan. Doch er muss seine Stute ziemlich antreiben, bevor sie sich widerstrebend in Gang setzt.

Ein paar Minuten später lassen wir die Pferde im Schritt nach Hause gehen.

Jan sieht sich noch einmal nach allen Seiten um. »Ich kann's nur wiederholen: Ihr habt echt Glück. Das war wirklich ein schöner Ausritt.«

»Wir genießen es ja auch«, gebe ich zu. »Aber ich glaube, das gilt für mich ganz besonders. Schließlich wohne ich erst seit ein paar Monaten hier. Mia und Philipp sind das alles bestimmt viel mehr gewohnt.«

Meine Freundin grinst. »Mag sein. Trotzdem möchte ich nirgendwo anders leben.«

»Hm«, bestätigt Philipp.

Bis wir auf die große Straße unseres Heimatdorfes einbiegen, hat uns die warme Sommersonne schon wieder ein bisschen getrocknet. Aber hier wundert sich sowieso niemand mehr, wenn wir nass nach Hause kommen. Auch dass uns ein großer, pelziger Hund und ein laut quiekendes Schwein entgegenlaufen, finden in Gessenhausen alle ganz normal.

Jan allerdings fängt bei Ernas Anblick schallend an zu lachen. Das hindert die coole Sau aber nicht daran, sich zufrieden grunzend Almrose anzuschließen. Sie weicht Jan auch keinen Schritt von der Seite, als er am Hoftor aus dem Sattel gleitet und die Stute in den Hof führt. Und während wir die Pferde fertig machen, lässt sie ihn kaum in Ruhe. Trotzdem bleibt Almroses Sattel diesmal demonstrativ so lange auf dem Holzbalken hängen, bis Jan sich endlich erbarmt, ihn selbst wegzuräumen.

»Richtig so«, zische ich Philipp im Vorbeigehen zu.

Als wir die Pferde in ihre Boxen gebracht haben, sehe ich, wie Vera und Leonie mit Fanny vom Reitplatz kommen.

Ich mustere die beiden kurz, dann atme ich auf. Denn Leonie scheint den Reitunterricht auch diesmal gut überstanden zu haben. Sie sieht voll entspannt, ja sogar glücklich aus.

»Heute ist's wieder super gelaufen«, verkündet Vera fröhlich. »Leonie ist ein paarmal getrabt und sogar wieder galoppiert. Danach sind wir noch lange spazieren gegangen und dabei hat sie die Fanny meistens selbst gelenkt.«

»Gut.« Philipp zieht anerkennend die Augenbrauen hoch.

»Prima«, lobt sie auch Jan, dann schenkt er ihr ein beinahe huldvolles Lächeln.

»Das finde ich auch«, pflichtet ihnen Vera bei. »Sagt mal, könnt ihr mir helfen, die Stuten von der Weide zu holen?«

»Ja klar«, bestätige ich und Mia nickt.

Also gehen wir hinter ihr her und zu meinem Erstaunen schließt Leonie sich uns an.

»Fanny ist doch schon im Stall«, flüstert mir Mia zu. »Ob sie etwa ernsthaft vorhat, ein fremdes Pferd zu führen?«

Ich werfe ihr einen nachdenklichen Blick zu. »Vielleicht hat ihr die gelungene Reitstunde ja Mut gemacht.«

Meine Freundin wiegt den Kopf. »Könnte sein. In den letzten Tagen hat sie sowieso ein bisschen Selbstbewusstsein getankt, finde ich. Wird auch höchste Zeit ...«

Aber Leonie traut sich dann doch nicht, eine der unbekannten Stuten zu führen. Dabei bietet Vera es ihr sogar an. Wenigstens geht Leonie zögerlich an Jans linker Seite neben ihm her, obwohl er mit seiner rechten Hand die erst dreijährige und noch ein bisschen unruhige Stute Windspiel führt.

Meine Freude über ihren Reitstundenerfolg hat sich wieder ein bisschen gelegt. Denn allmählich gehen mir die Ideen aus, was ihre merkwürdige Angst betrifft. Gleichzeitig ist mir völlig klar, dass uns allmählich die Zeit davonläuft. Es dauert gar nicht mehr so lange und Leonie geht schon wieder von hier weg. Bis dahin muss sie aber noch unbedingt lernen, dass sie nicht nur vor Fanny, sondern auch vor den anderen Pferden keine Angst zu haben braucht. Gestern Abend habe ich deswegen meinen Vater um Rat gefragt. Wenigstens konnte er mir erklären, warum es Leute gibt, die so furchtbar ängstlich sind. Darum verstehe ich Leonie jetzt ein bisschen besser. Aber das hilft uns auch nicht wirklich weiter. Was sollen wir denn bloß machen?

IV

Gefahr um Mitternacht

»Ob Leonie ihre Furcht vor Pferden irgendwann doch noch ganz überwindet?«, frage ich Mia und Philipp, als wir hinterher wie so oft auf dem Heuboden sitzen.

»Das wäre das Beste, was passieren kann«, meint meine Freundin, die die braun-weiß gefleckte Stallkatze Kralli streichelt. »Ihre Freundschaft mit Fanny wird ihr auf Dauer nämlich absolut nicht weiterhelfen.«

»Wie man's nimmt«, wirft Philipp ein, der Krallis grau gestreiften Bruder Tiger krault. »Frau Falkmann hat meine Mutter nämlich gefragt, ob sie Fanny kaufen kann.«

»Was???«, ruft meine Freundin so laut, dass die Katze erschrocken von ihrem Schoß springt.

»Und was hat Vera dazu gesagt?«, will ich wissen.

Er zuckt die Achseln. »Sie wird's wohl machen. Im Moment braucht sie nun mal dringend Geld und sie ist sich sicher, dass Fanny es bei Leonie und ihrer Mutter sehr gut haben wird.«

»Das glaube ich auch«, bestätige ich. »Trotzdem: Die Stute ist immerhin schon achtzehn Jahre alt. Wahrscheinlich dauert es nur noch wenige Jahre, bis man sie nicht mehr reiten kann.«

Philipp wiegt den Kopf. »Frau Falkmann meint, sie hätten

dann ja immer noch Fannys Fohlen. In vier, fünf Jahren sei es doch alt genug, um eingeritten zu werden.«

»Da ist allerdings was dran«, murmele ich.

»Trotzdem«, protestiert Mia. »Sie müssen ihre Pferde irgendwo unterbringen; wahrscheinlich landen sie in einem Reitstall mit ganz vielen großen Warmblütern. Und längst nicht alle Pferde sind so ruhig und brav wie Fanny. Wie soll das denn funktionieren, wenn Leonie vor jedem fremden Pferd die Panik kriegt?«

»Das gibt die totale Katastrophe«, seufze ich.

Ratlos schüttelt Mia den Kopf. »Wie kann man nur so furchtbar ängstlich sein?«

»Genau das hab ich meinen Vater gestern auch gefragt«, erkläre ich.

»Und?«, will Philipp wissen.

»Er meinte, da gäbe es wohl verschiedene Faktoren«, berichte ich. »Einerseits hat wohl jeder Angst, der zum allerersten Mal mit Pferden oder mit anderen großen Tieren zu tun hat.«

»Ich nicht«, behauptet Philipp.

»Klar, du bist ja auch mit Pferden und einem großen Hund aufgewachsen«, erinnert ihn Mia.

»Schwein Erna nicht zu vergessen«, füge ich hinzu.

Sie grinst. »Klar, mit der auch. Aber dieses Glück hat nun mal nicht jeder.«

»Eben«, stimme ich zu. »Doch das ist längst nicht alles. Papa hat auch gesagt, dass es zum Teil angeboren ist, wie stark und wie oft jemand Angst empfindet. Leonie hat es offenbar besonders heftig erwischt.«

»Kann man wohl sagen«, seufzt Philipp.

»Eine große Rolle spielt wohl auch, was für Erfahrungen

jemand gemacht hat«, fahre ich fort. »Wir wissen ja nicht, was Leonie schon so alles mitgemacht hat. Vielleicht weiß sie das sogar selbst nicht genau. Denn Erlebnisse, die man als ganz kleines Kind hatte, wirken besonders stark nach. Aber man kann sich meistens gar nicht mehr an sie erinnern. Trotzdem sind sie im Unterbewusstsein abgespeichert. Man hat absolut keine Macht über sie und das macht alles nur noch schlimmer.«

»Du meine Güte!« Mia schüttelt sich. »Das hab ich noch gar nicht gewusst.«

Philipp nickt. »Arme Leonie.«

»Ich hab das alles auch erst gestern erfahren«, gebe ich zu. »Seitdem sehe ich sie mit anderen Augen.«

Eine Weile ist es still. Nachdenklich nimmt Mia Katze Kralli, die nun wieder schnurrend um ihre Beine streicht, zurück auf ihren Schoß. Dann gibt sie mit sichtbar schlechtem Gewissen zu: »Es war unfair von mir, dass ich anfangs hinter ihrem Rücken so böse über sie hergezogen habe.«

»Mach dir nichts draus«, tröste ich sie. »Immerhin haben wir jede Menge Gehirnschmalz geopfert, um sie mit Fanny vertraut zu machen. Und das hat ja auch gewirkt. Jetzt dürfen wir halt einfach nicht damit aufhören, ihr zu helfen.«

»Fragt sich nur, wie«, überlegt Philipp.

»Darüber hab ich ziemlich viel nachgedacht«, gestehe ich. »Trotzdem hab ich nicht die leiseste Ahnung. Ich weiß nur, dass wir sie nicht im Stich lassen dürfen.«

Philipp nickt.

Aber ob wir jedes Mal wissen werden, was wir zu tun haben?

Vorerst haben wir allerdings andere Sorgen. Beim Abendessen wendet sich Jan nämlich an Vera. »Almrose ist wirklich ein prima Pferd. Darf ich morgen vielleicht trotzdem mal ein anderes reiten?«

Philipp zieht die Augenbrauen hoch.

Auch ich erinnere mich sofort an den Streit der beiden auf unserem Ausritt. Immerhin ging es um Wotan.

Auweia, denke ich. Jan wird doch nicht wirklich ...?

»Natürlich geht das«, bestätigt Vera arglos. »Hast du dir denn schon ein bestimmtes Pferd ausgesucht?«

»Hm«, macht er. »Wie wäre es mit Wotan?«

Mia bekommt große Augen und Philipp legt sein frisch geschmiertes Brötchen zurück auf den Teller.

Seine Mutter atmet tief durch. »Du bist zwar ein wirklich sicherer Reiter, aber Wotan ... Der ist noch einmal etwas ganz anderes als eine unsere Stuten.«

»Würden Sie mir das bitte erklären?«, fragt Jan.

Sie nickt. »Hast du schon mal mit einem Hengst zu tun gehabt?«

Jan schüttelt den Kopf.

»Mit Hengsten muss man umgehen können«, erklärt sie. »Die meisten sind ziemlich schwierig, besonders gegenüber Fremden. Man muss immer aufmerksam sein, darf ihnen nicht den kleinsten Ungehorsam durchgehen lassen.«

»Aber das kann ich doch lernen«, wendet er ein. Vera wiegt den Kopf. »Klar kannst du das. Aber man braucht viel Erfahrung. Und bis man die hat, dauert es seine Zeit. Während deiner Reiterferien schaffst du das nicht.«

»Sie trauen es mir also nicht zu«, stellt er fest. Ich kann ihm anhören, dass er sich mal wieder ziemlich auf den Schlips getreten fühlt.

»Prinzipiell schon«, erklärt Vera. »Aber nicht in der kurzen Zeit, in der du bei uns bist.«

»Okay«, sagt er. »Dann bleibe ich halt bei Almrose. Wie gesagt, sie ist ein prima Pferd.«

»Einverstanden«, meint Vera und wendet sich sichtbar erleichtert ihrem Essen zu.

Aber ich habe ein ungutes Gefühl. Das kann ich nicht wirklich begründen; trotzdem habe ich den Eindruck, dass diese Sache noch lange nicht zu Ende ist.

»Hanna! Hannaaa!«

Die weibliche Stimme klingt angstvoll, ja verzweifelt, doch sie scheint aus weiter Ferne zu kommen. Dennoch: Vor mir, nur ein paar Schritte entfernt, sehe ich die verschwommenen Umrisse einer Gestalt. Im nebeligen Halbdunkel der Vollmondnacht ist sie nicht mehr als ein Schatten, der mit der verfallenen Mauer hinter ihm verschwimmt.

Furcht packt mich; ich will mich umdrehen, will weglaufen, aber ich kann mich noch nicht einmal bewegen!

Die Gestalt kommt näher. Flehend hebt sie ihre Hände, etwas klirrt und klingelt leise ...

Sind das etwa die Ketten einer Gefangenen?

»Hanna! Hannaaa!«, ertönen die Rufe noch einmal.

Dann poltern schwere Schritte. »Ja doch, Menschenskind! Ich komme schon! Immer langsam, es ist mitten in der Nacht!«

Erschrocken reiße ich die Augen auf. Das war eindeutig die Stimme meines Vaters! Zwei, drei Atemzüge lang liege ich mit wild klopfendem Herzen im Bett, dann wird mir allmählich bewusst, dass ich wohl einen Albtraum gehabt habe. Fragt sich nur: Wer will ausgerechnet jetzt etwas von uns?

Unten geht die Haustür auf.

»Leonie, was macht du denn hier, nachts um halb zwölf?«, fragt Papa verdutzt.

Alarmiert richte ich mich auf. Das bedeutet absolut nichts Gutes!

»Wo ist Hanna?«

»Die liegt im Bett und schläft. Das heißt: So laut, wie du nach ihr gerufen hast, ist sie bestimmt wach geworden.«

»Wir auf dem Hof Glückstal brauchen sie, und zwar dringend. Jan ist weg. Und Wotan auch. Wir müssen die beiden finden, so schnell wie möglich!«

Oh nein! Mein Gefühl hat mich also nicht getäuscht.

Ich springe aus dem Bett, laufe zur Zimmertür und reiße sie auf. »Komme schon!«

»Bring dein Handy und eine Taschenlampe mit, ja?«, anwortet Leonie.

»Mach ich!« In höchster Eile fahre ich in die dreckigen Klamotten von gestern und renne los.

Auf der Treppe wäre ich fast mit meinem Vater zusammengestoßen.

»Muss mich nur noch schnell anziehen, dann komme ich rüber und helfe euch«, kündigt er an, während ich mich an ihm vorbeidrücke.

»Gute Idee«, keuche ich und laufe weiter, durch die halb offene Tür und hinüber zum Reiterhof.

Dort warten schon Vera und Leonie, bewaffnet mit Taschenlampen und begleitet von dem aufgeregt hechelnden Wuschel.

»Wie schön, dass du gleich gekommen bist«, sagt Vera.

»Was ist denn passiert?«, will ich wissen.

»Das wissen wir selbst nicht so genau«, erklärt sie. »Vor

ein paar Minuten hat Wuschel angefangen, wie wild zu bellen. Er wollte und wollte nicht aufhören, darum bin ich schließlich aufgestanden und habe zuerst das Haus und dann die Stallungen inspiziert. Dabei hab ich gesehen, dass Wotan weg ist. Auch sein Sattel und seine Trense fehlen. Im ersten Moment hab ich gedacht, dass ihn jemand gestohlen hätte, aber dann ...« Ihr bleibt die Stimme weg; fassungslos schüttelt sie den Kopf.

»Das Gebell von Wuschel hat uns alle geweckt. Als Vera wieder hereinkam, hatten wir uns im Flur versammelt. Nur Jan kam nicht«, ergänzt Leonie.

»Darum haben wir in seinem Schlafzimmer nachgeschaut ... und dann wussten wir Bescheid«, ergänzt Vera.

»Er möchte uns beweisen, dass er eben doch mit Wotan klarkommt«, vermute ich.

Sie seufzt. »Und zwar auf die ganz harte Tour. Ja, so was hab ich mir auch schon gedacht.«

Hinter mir höre ich eilige Schritte und drehe mich um.

Es ist mein Vater. Nach ihm kommen Philipp und Mia durchs Hoftor.

Vera informiert die Neuankömmlinge kurz, dann schlägt sie vor: »Weil wir nicht wissen, wohin Jan geritten ist, teilen wir uns am besten in mehrere Gruppen auf und gehen in verschiedene Richtungen. Aber wir bleiben auf jeden Fall über unsere Handys in Verbindung. Und Oma hält hier auf dem Hof am Telefon die Stellung. Wenn wir ihn bis sechs Uhr morgens nicht gefunden haben, verständigen wir die Polizei.«

Während sie redet, fällt mir siedend heiß etwas ein. »Ich glaube, wir müssen uns gar nicht aufteilen.«

Sie zieht die Augenbrauen hoch. »Warum?«

»Bei unserem Ausritt gestern haben wir Jan von der Burgruine und von der Sage vom Schwarzen Ritter erzählt«, erkläre ich.

»Stimmt!«, ruft Mia. »Jan wollte uns unbedingt beweisen, dass es keine Gespenster gibt. Darum hat er vorgeschlagen, dass wir mitten in der Nacht dorthin wandern sollten.«

»Aber das haben wir ihm ausgeredet, weil du es nie und nimmer erlauben würdest«, ergänzt Philipp.

»Absolut richtig«, bestätigt Vera.

»Hanna hat recht. Wir sollten erst mal im Umkreis der Burg nach ihm suchen«, urteilt mein Vater.

»Okay«, beschließt Vera. »Von hier aus gibt es zwei Wege dorthin. Herr Wertheimer, bitte nehmen Sie mit Hanna und Mia den Pfad durch den Wald. Er zweigt ein paar Hundert Meter hinter Gessenhausen rechts von der Straße in Richtung Ruine ab.«

»Den kenne ich, dort sind Hanna und ich erst vor Kurzem spazieren gegangen«, bestätigt Mia.

Vera nickt. »Philipp, Leonie und ich werden über den breiteren Weg durch die Wiesen gehen.«

»Einverstanden«, nickt mein Vater und schaut Mia und mich auffordernd an. »Dann los!«

Mit schnellen Schritten gehen wir durch das menschenleere nachtdunkle Dorf.

»Dieser Jan ist ja wohl ein echter Depp«, knurrt Papa. »Alleine in der Dunkelheit loszureiten, ist schon eine große Dummheit. Und dann noch mit einem Hengst, den man nicht kennt ... Wenn ich an Veras Stelle wäre, würde ich Jan sofort vom Hof schicken. Auch anstelle seines Vaters würde ich seinen Reiterurlaub sofort beenden, sobald ich von diesem Unsinn erfahren hätte.«

Ärgerlich schüttelt er den Kopf. »Aber ich fürchte, Vera wird alles tun, um diesem Herrn Ritter oder wie immer er heißt, genau das auszureden.«

»Warum denn?«, frage ich.

»Überleg doch mal«, brummt er. »Was würde es denn für Veras neu eröffnete Pension bedeuten, wenn einer ihrer beiden ersten Gäste gleich mit Schimpf und Schande den Hof verlassen müsste?«

»Das wäre eine Katastrophe«, gebe ich zu.

»Wir müssen wirklich alles tun, um Jan so schnell wie nur möglich zu finden«, unterstreicht er. »Hoffentlich ist ihm nichts Ernsthaftes passiert! Wenn er einen schweren Unfall hätte, wäre das für ihn und seine Eltern bestimmt schon schlimm genug. Aber für Veras Pension wäre es der Untergang.«

»Und damit für den ganzen Haflingerhof Glückstal«, schlussfolgere ich und mir läuft ein Schauer über den Rücken. Ich muss noch einmal daran denken, wie Mia und ich erst vor ein paar Tagen darüber gesprochen haben, dass ein Reitstall oder das Ausbilden fremder Pferde für Vera nicht infrage kämen. Inzwischen zweifele ich allerdings schwer daran, dass die Reiterferien-Pension für sie weniger belastend ist.

Bedrückt gehe ich neben meinem Vater her, bis wir das Ortsschild von Gessenhausen erreicht haben.

»Warum sind Hengste eigentlich so schwierig?«, frage ich ihn.

Im Licht der letzten Straßenlampen sehe ich, dass er lächelt. »Die Antwort heißt: Testosteron. Das ist das männliche Geschlechtshormon, jedenfalls haben männliche Säugetiere viel mehr davon als die weiblichen. Und Testosteron macht angriffslustig und rebellisch. Aber das ist auch gut so, weil ...«

»Nicht wirklich!«, protestiere ich. »Durch dieses ... durch dieses komische Hormon haben wir Menschen mit Hengsten doch viel mehr Schwierigkeiten als mit Stuten.«

»Das siehst du viel zu einseitig«, widerspricht er. »In der freien Wildbahn brauchen Hengste viel Aggression. Wenn dort Raubtiere ihre Herde angreifen, folgen sie den anderen Pferden immer als letzte. Dabei verteidigen sie die Stuten und Fohlen, manchmal setzen sie für sie sogar ihr Leben aufs Spiel.«

»Das habe ich noch gar nicht gewusst«, gestehe ich beeindruckt.

»Glaube mir: Hengste sind gut, wie sie sind«, erklärt er noch einmal. »Die Natur hat Pferde ja nicht geschaffen, damit wir sie zu unseren Haustieren machen und reiten. Wir haben die Pferde auch erst vor ungefähr sechstausend Jahren gezähmt. Dabei gibt es sie schon seit etwa eineinhalb Millionen Jahren.«

»Jetzt müssen wir halt so mit ihnen zurechtkommen, wie sie sind«, schlussfolgere ich.

»Richtig«, bestätigt er. »Außerdem: Wenn man sich mit Hengsten auskennt, kommt man gut mit ihnen klar. Sieh dir nur Philipp an.«

Da hat er recht. Überhaupt: Bestimmt ist Wotan eigentlich sogar ein feiner Kerl, genau wie Philipp gesagt hat. Und vielleicht werde ich mit der Zeit sogar lernen, mit ihm umzugehen.

Am liebsten würde ich Mia fragen, was sie von alldem hält. Aber sie hat wohl überhaupt nicht zugehört. Stattdessen ist sie die ganze Zeit mit abwesendem Gesichtsausdruck neben uns hergegangen. Sie schaut sich andauernd in alle Richtungen um.

Ob sie nach Jan Ausschau hält? So verknallt, wie sie in ihn ist, macht sie sich bestimmt noch größere Sorgen um ihn als Papa und ich. Andererseits sollte es ihr mit diesem arroganten Kerl nun wirklich langsam reichen. Außerdem kann sie in dieser Dunkelheit sowieso nicht weit sehen.

Das Dorf mit seinen Straßenlaternen liegt inzwischen hinter uns. Immerhin scheint der Mond ziemlich hell, darum kann ich um uns herum überall feine Nebelschwaden erkennen, die lautlos über die Wiesen kriechen.

Wie unheimlich! Nur gut, dass Papa bei uns ist.

Der bleibt gerade stehen, denn wir haben die Abzweigung erreicht. Er beugt sich nach unten und leuchtet den Boden des Pfades mit seiner Taschenlampe an.

»Die Erde ist zu trocken«, stellt er fest. »Wenn Jan hier entlanggeritten ist, können wir Wotans Hufspuren nicht erkennen.«

Mit einem Seufzer richtet er sich wieder auf. »Tja, wir müssen einfach weitergehen.«

»Auf dem anderen Weg ist ja Vera mit Leonie und Philipp unterwegs. Da werden wir ihn schon finden«, versuche ich, uns Mut zu machen.

Aber im Geheimen überlege ich: Was ist, wenn ich Vera eben einen falschen Rat gegeben habe, weil Jan halt doch in eine ganz andere Richtung unterwegs ist? Und wenn Wotan mit ihm durchgegangen ist und Jan jetzt schwer verletzt irgendwo im Gras liegt, weit weg vom Weg? Oder wenn, noch schlimmer …? Stopp, Hanna! Wenn du dich verrückt machst, hilft das niemandem.

Mia sagt immer noch nichts. Mit ein, zwei Schritten Abstand läuft sie hinter uns her; wenn ich meine Taschenlampe nicht auf sie richte, kann ich kaum mehr als ihre Umrisse erkennen. Darum gehe ich jetzt langsamer und lasse sie zu mir aufschließen.

»Was ist eigentlich los mit dir?«, frage ich.

Sie atmet tief durch. »Weißt du, einerseits mache ich mir tierische Sorgen um Jan und um Wotan. Und andererseits … Lach mich bitte nicht aus. Aber heute ist Vollmond.«

Die Nacht des Schwarzen Ritters!, erkenne ich und der Gedanke jagt mir einen Schrecken ein.

Unsinn, Hanna!, ermahne ich mich. Es gibt keine Gespenster. Wenn du deinem Papa mit so was kämest, würde er dich garantiert für verrückt erklären.

»Ich meine … ähm …«, fährt sie fort. »Für uns hier in Gessenhausen ist es nun mal eine Tatsache, dass die Geister des Schwarzen Ritters und seiner Frau da oben in der Ruine umgehen. Mein Urgroßvater hat den Ritter sogar selbst gesehen.«

Jetzt schnappe ich aber doch nach Luft.

»Ehrlich«, versichert sie. »Meine Oma hat es mir erzählt; sie hat mit eigenen Augen gesehen, wie ihr Opa nach Hause gekommen ist. Kreideweiß soll er gewesen sein und danach ist er nie wieder in der Dunkelheit zur Burg gegangen. Nicht mal in der Dämmerung.«

»Okay«, sage ich mit erzwungen ruhiger Stimme. »Gehen wir einfach mal davon aus, dass es den Schwarzen Ritter wirklich gibt. Aber was soll er uns denn schon tun? Ich meine, er ist doch nur ein Gespenst, ein schwarzer Schatten.«

»He! Der Typ hat seine Frau lebendig eingemauert«, gibt Mia zu bedenken.

Jetzt werden meine Hände feucht. Doch ich presse die Lippen zusammen und sage mir noch einmal mit Nachdruck: Gespenster existieren nicht! Sie leben nur in der Fantasie abergläubischer Leute. Bestimmt hat Mias Urgroßvater tatsächlich etwas gesehen. Aber wer weiß, was es in Wirklichkeit gewesen ist? Wieder einmal wird mir klar, dass mir die Denkweise der Bewohner von Gessenhausen immer noch total fremd ist. Sogar die von Mia ...

Wir nähern uns dem Wald. Wie eine undurchdringliche schwarze Wand steht er vor dem dunkelblauen Himmel. Die Wipfel der Bäume schwingen leise rauschend hin und her. Darüber leuchten die Sterne wie kleine, glitzernde Nadeln in einem riesigen, samtenen Stoff. Zwischen ihnen thront groß und rund der Vollmond. Nun geht es steil aufwärts, aber mein Vater marschiert mit schnellen, entschlossenen Schritten weiter. Wir müssen uns mächtig ranhalten, damit wir mit ihm Schritt halten können.

Dann haben wir den Waldrand erreicht.

»Vorsicht, der Weg ist jetzt uneben und von Brombeerranken überwachsen«, sagt er, ohne sich nach uns umzusehen.

Ich richte meine Taschenlampe auf den Boden. »Ob Wotan tatsächlich hier entlanggelaufen ist?«

»Haflinger sind geländesicher«, erinnert mich Mia.

Nun müssen wir wirklich sehr auf unseren Weg achten. Nach dem letzten Regen hat offenbar ein großer, schwerer Traktor den matschigen Untergrund zerfahren und jetzt ist er voll tiefer, lang gestreckter Löcher, die im schwachen Licht unserer Taschenlampen fast unter Gras und Dornen verschwinden. Manchmal könnte man glauben, dass die langen Brombeerranken mit Absicht nach unseren Knöcheln greifen, denn obwohl wir aufpassen, stolpern wir immer wieder. Mia landet sogar einmal ziemlich heftig auf den Knien.

Trotzdem muss ich fast zwanghaft immer wieder vorsichtig nach rechts und links schauen und angestrengt die Bäume und die ziehenden Nebelschwaden inspizieren. Hin und wieder glaube ich, da wäre ein leises Geräusch … eine Bewegung … oder ein schwarzer Schatten …

Papa dagegen ruft immer wieder laut: »Jan! Jaaaan! Bist du hier?«

Doch er bekommt keine Antwort.

Da! Ich höre ein undefinierbares Kreischen, dann saust etwas ganz nah an meinen Augen vorbei. Entsetzt schreie ich auf, halte die Hände vors Gesicht, bleibe irgendwo hängen – und falle der Länge nach hin.

Ein paar Atemzüge später wird mir klar, dass ich wohl einen Vogel aufgescheucht habe. Im nächsten Moment registriere ich, dass mir meine linke Hand wehtut, weil ich im Fallen instinktiv nach einer Dornenranke gegriffen habe. Meine rechte Hüfte schmerzt auch, bestimmt bin ich damit auf einem Stein gelandet.

Besorgt beugt sich Mia zu mir herunter und mein Vater kommt zu uns gelaufen. »Alles klar, Hanna?«, keucht er.

»Schon gut, ich hab mich nur ein bisschen erschreckt«, untertreibe ich, beiße die Zähne zusammen und richte mich auf die Knie auf.

Oh je! Meine Reithose scheint am rechten Bein ein Loch zu haben. Dabei ist sie noch ganz neu.

Trotzdem nehme ich mir meine Taschenlampe, die ich vor Schreck habe fallen lassen, stehe auf und klopfe mir den Schmutz von den Kleidern.

»Deine Hose ist zerrissen«, stellt Mia überflüssigerweise fest.

»Und deine linke Hand blutet«, fügt Papa hinzu, der mich mit seiner Taschenlampe anleuchtet.

»Macht nichts, echt«, beruhige ich ihn. »Das sind nur ein paar Kratzer. Ich hab in die Dornen gefasst.«

»Okay«, meint er. »Kannst du denn laufen?«

Ich gehe ein paar Schritte. Dabei zieht es zwar spürbar in meinem lädierten Knie, aber davon lasse ich mir nichts anmerken.

»Sieht aus, als hättest du tatsächlich Glück gehabt.« Mein Vater atmet hörbar auf. »Na gut, dann lasst uns mal weitergehen.«

Der Weg wird noch steiler. Und der Nebel wird dichter. Wie eine schwere graue Masse fließt er zwischen die Bäume und um uns herum; trotz Taschenlampe kann ich meinen Vater, der nun wieder vor uns hergeht, kaum noch sehen.

»Jan! Jaaaan!«, ruft er jetzt wieder. Dann bleibt er stehen.

Auch wir halten an und spitzen die Ohren. War da etwa ein Geräusch?

Aber alles bleibt still.

Papa seufzt. »Na gut, dann machen wir halt weiter.«

Beim Losgehen halte ich die Luft an, weil mein Knie immer noch schmerzt.

Allmählich verlässt mich der Mut. »Das hier macht doch keinen Sinn«, flüstere ich Mia zu. »In diesem Nebel und in der Dunkelheit finden wir Jan nie und nimmer.«

»Ich glaube auch, dass wir nach Hause zurückkehren sollten«, stimmt sie mir zu. »Besser, wir rufen die Polizei an. Die haben Unmengen Leute, außerdem Spürhunde, Hubschrauber und, und, und ...«

Während sie redet, fällt mir siedend heiß etwas ein und ich schnappe erschrocken nach Luft.

»Ist was?«, fragt sie. »Wenn wir die Polizei mit reinziehen, gibt man dort garantiert eine Fahndung heraus«, wispere ich. »Mit Sicherheit werden die Leute übers Radio dazu aufgerufen, nach ihm Ausschau zu halten. Und die Presse verständigt die Polizei bestimmt auch. Mit anderen Worten: Wir hängen Jans Verschwinden an die große Glocke. Das wäre für Veras Ferienpension der absolute Ruin.«

»Ach, du lieber Himmel!«, keucht sie entsetzt. »Nein, das darf nicht passieren, nie und nimmer.«

Ich schwöre mir, doch noch alles daranzusetzen, Jan zu finden. Auch wenn wir bis zum Sonnenaufgang weitersuchen müssen.

Da hält mein Vater an, so plötzlich, dass ich fast gegen ihn gelaufen wäre.

»Was ist denn?«, fragt Mia.

Er bringt sie durch eine Handbewegung zum Schweigen.

Jetzt höre ich es auch: Hufschläge! Das Pferd läuft eindeutig im Galopp und es kommt schnell näher!

»Das muss Wotan sein«, sage ich.

Papa richtet seine Taschenlampe nach vorne und fordert mit ruhiger Stimme: »Tretet zur Seite.«

Er klingt so entschieden, dass wir beide sofort an den Wegesrand ausweichen. Dann stehen wir da und halten den Atem an.

Da! Ein dunkler Schatten kommt mit rasender Geschwindigkeit durch den Nebel auf uns zu ...

Nun sehe ich die Umrisse eines Pferdes ...

Es ist eindeutig Wotan!

»Wo ist Jan?«, höre ich Mia rufen.

Doch ich schreie: »Geh zur Seite, Papa, schnell!«

Aber er rührt sich nicht, sondern richtet sich zu seiner vollen Größe auf und breitet die Arme aus.

»Neiiiin, geh da weg!«, brülle ich panisch.

Da stemmt Wotan seine Vorderbeine in den Boden; so scharf bremst er ab, dass er mit seiner kräftigen Hinterhand ein Stück über den Boden schlittert – und kurz vor Papa zum Stehen kommt.

»Jaaa, du bist ein ganz braver«, lobt ihn mein Vater. Er ist immer noch unglaublich ruhig. Langsam streckt er seine rechte Hand nach dem Zügel des schnaufenden Hengstes aus und bekommt ihn tatsächlich zu fassen.

»Guuut.« Er klopft Wotan den klatschnass geschwitzten Hals. Dann schaut er sich nach uns um; im Licht unserer Taschenlampen sieht er merkwürdig blass aus.

»Jan fehlt«, stellt jetzt auch er fest.

Ich bin immer noch steif vor Schrecken und gleichzeitig derart beeindruckt von seiner Aktion, dass ich kaum einen klaren Gedanken fassen kann. Eigentlich kann ich mir gar nicht richtig erklären, was gerade passiert ist. Papa ist zwar schon immer ganz gut mit Pferden klargekommen, obwohl er normalerweise nicht so viel mit ihnen zu tun hat. Aber das hier ... Nein, das hätte ich ihm nie zugetraut. Er hat Kopf und Kragen riskiert!

Mia scheint es nicht anders zu gehen, denn sie starrt meinen Vater mit großen Augen an. Dann stottert sie: »Wie ... wie hast du das ... gemacht?«

»Das erkläre ich dir später, okay?«, wiegelt er ab. »Jetzt muss unbedingt jemand Vera anrufen. Hanna, kannst du das bitte übernehmen?«

Es hilft ja wohl nichts, wenn ich hier wie festgefroren

herumstehe. Also gebe ich mir einen Ruck, nehme meine Lampe in die linke Hand, krame mit meiner rechten mein Handy aus der Tasche und rufe Veras eingespeicherte Nummer auf.

Mia drückt sich eng an mich, damit sie mithören kann.

Es dauert nicht lange und Vera meldet sich.

»Hanna?«, fragt sie nur. Ihrer Stimme kann man deutlich die Spannung anhören.

»Wotan ist bei uns«, erkläre ich. »Papa hat ihn eingefangen. Aber wir wissen nicht, wo Jan ist.«

Sie holt scharf Luft. »Das hat er gut gemacht. Bitte sag ihm vielen Dank! Aber ... auch wir haben noch keine Spur von Jan gefunden, obwohl Wuschel mit seiner guten Nase und seinem scharfen Gehör bei uns ist. Wir haben auch immer wieder nach Jan gerufen. Und jetzt sind wir schon fast in Sichtweite der Ruine.«

»Wir sind auch gleich da«, informiert sie Mia.

»Gut«, stellt Vera fest. »Dann sehen wir uns ja bald. Philipp kann Wotan nach Hause bringen. Wir Übrigen werden uns neu organisieren, um weiter nach Jan zu suchen. Also, bis gleich!« Damit legt sie auf.

»Vera lässt dir vielen Dank ausrichten«, sage ich zu Papa, der die ganze Zeit den erschöpften Wotan gestreichelt hat. »Wir sollen zur Ruine kommen. Die ist auch gar nicht mehr weit von hier entfernt.«

»Ja klar«, meint er und setzt sich sofort in Marsch. Wotan folgt ihm brav wie ein Lämmchen; offensichtlich ist er viel zu fertig, um auf dumme Ideen zu kommen. Mia und ich folgen den beiden.

Der Nebel lichtet sich jetzt wieder ein bisschen. Darum kann ich trotz des schwachen Mondlichtes sehen, dass der

Weg vor uns breiter wird. Dann ragt sie vor uns auf, die uralte Burg Gessenhausen, nicht mehr als ein verfallener Turm, dessen schwarze Silhouette bedrohlich in den nachtdunklen Himmel wächst.

Dort soll also die Frau des schwarzen Ritters elend verdurstet sein, denke ich.

Ich bin zum ersten Mal hier, denn Philipp und Mia haben die Burg bei unseren Ausritten und Spaziergängen immer gemieden.

Im nächsten Moment werde ich schon wieder abgelenkt. Wotan wird nämlich unruhig, dann stößt er ein lautes Wiehern aus.

Mein Vater legt ihm die linke Hand auf den Hals. »Ich schätze, dort hinten kommen Vera und die anderen.«

Tatsächlich schälen sich bald vier Gestalten aus dem dünnen Nebel.

»Wotan!«, höre ich Philipp rufen. Eilig kommt er auf uns zu, streichelt dem Hengst über die Nüstern und sagt, an Papa gewandt, aus tiefstem Herzen: »Danke.«

»Keine Ursache.« Mein Vater lächelt. »Er kam halt zufällig bei uns vorbei.«

»Der hat vielleicht gut reden«, flüstert Mia mir zu.

Ich nicke nur, denn jetzt sind auch Vera, Leonie und Wuschel bei uns. Der große Hund trabt sofort auf Wotan zu und beschnüffelt ihn schwanzwedelnd.

»Ein Glück, dass ihr ihn gefunden habt«, sagt unsere Reitlehrerin.

»Stell dir vor: Wotan kam angaloppiert und Herr Wertheimer hat sich ihm einfach in den Weg gestellt«, berichtet Mia aufgeregt. »Da ist Wotan tatsächlich stehen geblieben, er hat sich sogar brav von ihm einfangen lassen.«

Beeindruckt schaut Vera meinen Vater an. Und mir wird jetzt erst richtig klar, wie stolz ich auf ihn bin.

»Das haben Sie gut gemacht«, sagt sie.

»Genau so, wie man das bei Pferden tun muss«, fügt Philipp hinzu.

Ach, wirklich?, denke ich verblüfft. Uns habt ihr das aber noch nie erklärt. Und ich hab keine Ahnung, woher Papa es weiß. Später, wenn das hier endlich vorbei ist, werde ich ihn deswegen mal ordentlich löchern.

»Aber jetzt müssen wir unbedingt Jan finden«, meint Vera. »Er könnte hier auf der Lichtung sein oder ...« Sie seufzt leise. »Oder irgendwo im Wald. Philipp, wir haben ja schon besprochen, dass du Wotan nach Hause bringst. Leonie und ich suchen mit Wuschel die Lichtung ab, dann nehmen wir uns das Gebiet hinter der Burg vor. Herr Wertheimer kümmert sich mit Mia und Hanna um den Wald auf dieser Seite.«

»Machen wir«, antwortet mein Vater und gibt Philipp die Zügel. Dann sieht er uns auffordernd an. »Worauf wartet ihr noch?«

Eilig laufen wir los, hinter Papa her. Er geht zum Waldrand, der hier dicht mit Dornenranken, Sträuchern und kleinen Bäumen zugewachsen ist. Dann fordert er uns auf: »Leuchtet bitte mit euren Taschenlampen die Bäume an. Falls Wotan hier irgendwo aus dem Unterholz gestürmt oder hineingerannt ist, hat er mit Sicherheit Spuren hinterlassen.«

»Du meinst abgebrochene Äste, zertretene Pflanzen und so weiter?«, frage ich.

»Ja klar, vielleicht auch hängen gebliebene Haare von seinem Schweif oder seiner Mähne«, fügt er hinzu.

»Stimmt schon«, bestätigt Mia. »Die Stelle, an der sich ein Pferd durch dieses wilde Gestrüpp gekämpft hat, müsste eigentlich unübersehbar sein.«

Es geht nur langsam vorwärts, denn wir achten wirklich auf jede Kleinigkeit. Papa bückt sich oft, um etwas Auffälliges genauer zu inspizieren: einen Ast, der noch Laub trägt, obwohl er abgebrochen am Boden liegt, ein kleines, auffällig krumm gewachsenes Tannenbäumchen ...

Währenddessen schaut Mia immer wieder nervös über die Schulter. Zugegeben: Auch mir ist ein bisschen mulmig. Hinter uns ragt immerhin die Burg des Schwarzen Ritters aus dem ziehenden Nebel.

Wir haben sie ein Stück weit umkreist und mein Vater ist wieder stehen geblieben, um sich die Reste eines toten Vogels anzuschauen, da ruft Mia: »Schaut mal!«

Tatsächlich. Nur ein paar Schritte vor uns ist ein richtiges Loch im Unterholz!

Wir laufen hin und sehen, dass mehrere Äste abgebrochen auf der Erde liegen; ein kleiner Strauch scheint regelrecht niedergerannt worden zu sein. Der trockene Boden darunter ist aufgewühlt. Und im Gras finden wir ein Büschel langer weißer Pferdehaare.

»Wotan muss mit einem Mordstempo unterwegs gewesen sein.« Papas Stimme klingt angespannt. Er hält seine Taschenlampe noch näher an den Boden, dann stellt er fest: »Das sind eindeutig Hufspuren. Ich bin mir ziemlich sicher, dass sie in Richtung der Lichtung zeigen.«

»Das heißt: Wotan ist aus dem Wald herausgerannt«, schlussfolgere ich.

»Richtig. Also müssen wir hinein.« Er richtet sich auf und geht einfach los.

Ich folge ihm. Mia dagegen wirft noch einmal einen langen Blick auf die düstere Ruine hinter uns, dann kommt sie eilig nach.

Im Wald herrscht eine eigenartige Stimmung. Ohne unsere Taschenlampen wäre es hier garantiert stockdunkel. Gespenstisch wabern durchsichtige Nebelstreifen zwischen den Stämmen und es ist totenstill. Immerhin können wir Wotans Weg ganz gut folgen, denn wir finden immer wieder seine Spuren: abgebrochene Äste, tiefe Hufabdrücke im Boden oder Mähnenhaare, die an der Rinde eines Baumes hängen geblieben sind.

Da! Laut krächzt eine Krähe, dann ...

Alarmiert bleibe ich stehen, denn aus dem Gestrüpp haben mich zwei phosphorgelbe Augen angestarrt.

Glaube ich zumindest.

Ich hole tief Luft und richte meine Taschenlampe auf die Stelle, an der ich sie gesehen habe.

Aber jetzt erkenne ich dort nichts mehr.

Mia und Papa sind weitergegangen. Feiner Nebel schiebt sich schon zwischen uns. Mir wird mulmig. So schnell es geht, laufe ich hinter ihnen her.

Hoch über uns ruft ein Käuzchen, dann höre ich das hektische Flattern von Flügeln.

Käuze sind Todesboten!, schießt es mir durch den Kopf.

Ganz ruhig, Hanna! Das darf ... nein, das kann einfach nichts mit Jan zu tun haben.

Allmählich werden die Bäume dichter und immer öfter schlagen mir ihre Äste ins Gesicht. Dennoch sind Wotans Spuren nach wie vor unübersehbar. Da drüben hängt schon wieder ein Büschel Mähnenhaare in einem Ast ...

»Der arme Kerl muss total in Panik gewesen sein, sonst

wäre er nie und nimmer zwischen diesen dichten Bäumen hindurchgerannt«, schlussfolgert mein Vater und schüttelt den Kopf.

»Fragt sich nur: Warum hatte er solche Angst?«, überlegt Mia. »Und was mag mit Jan passiert ... Haaa!!!«

Mit einem Aufschrei klammert sie sich an mich; dann erst registriere ich, dass Papa stehen geblieben ist. Drüben, wo das Licht unserer Taschenlampen gerade noch hinreicht, bewegt sich etwas.

Mit quälender Langsamkeit schält sich eine Gestalt aus dem Dickicht.

Sie hat die Umrisse eines Menschen!

Als Papa seine Taschenlampe höherhebt, kann ich ihr Gesicht sehen. Ist das etwa wirklich ...?

Ich brauche ein, zwei Sekunden, bis ich mir sicher bin, dass diese kreideweißen, auf der linken Seite mit Blut verschmierten Züge und die unnatürlich großen Augen wirklich zu Jan gehören. Im nächsten Moment wird mir vor Erleichterung so schwindelig, dass ich mich an einen Baum lehnen muss.

Auch Jan klammert sich an einen dicken Ast und starrt uns ungläubig an. Dann bricht es aus ihm heraus: »Gott sei Dank!«

»Das kannst du ja wohl laut sagen!«, knurrt Papa. Mit schnellen Schritten geht er auf ihn zu, legt ihm seine Hände auf die Schultern und sieht ihn kritisch an. »Gut siehst du aber nicht aus. Na, Hauptsache, du bist wieder da.«

Erschöpft lehnt sich Jan an meinen Vater und fängt an zu weinen.

Da stehen wir also, mitten in diesem düsteren, nebligen Wald, und jeder versucht, seine wild durcheinanderflatternden Gedanken und Gefühle wieder in den Griff zu bekommen.

Nach einiger Zeit fragt Papa mit rauer Stimme: »Kann vielleicht jemand Vera Bescheid sagen?«

»Hm«, murmelt Mia, zieht mit unsicheren Fingern ihr Handy aus der Tasche und ruft die Nummer auf.

Diesmal bin ich es, die sich eng an sie presst, um alles mitzuhören.

»Hallo, Mia«, meldet sich Vera. Sie scheint ziemlich mit den Nerven fertig zu sein, denn sie klingt erschöpft, ja geradezu hoffnungslos.

»Jan ist wieder da«, verkündet meine Freundin.

Ich kann hören, wie Vera ganz tief durchatmet. »Dem Himmel sei Dank!«, seufzt sie, dann sagt sie lauter: »Stell dir vor, Leonie: Sie haben ihn gefunden.«

»Endlich!«, jubelt diese im Hintergrund.

»Wie geht es ihm?«, will Vera wissen.

»Ich hab leider noch keine Ahnung«, gesteht Mia. »Er scheint ziemlich fertig zu sein. Aber wenigstens kann er laufen. Gerade ist er uns nämlich entgegengekommen.«

Vera seufzt. »Immerhin ist er wieder aufgetaucht.«

»Bitte sag ihr, dass wir zurück auf die Lichtung kommen, sobald Jan dazu in der Lage ist«, erklärt mein Vater.

»Ich hab's gehört«, bestätigt sie. »Dann werden wir auch umkehren. Wir treffen uns am Informationsschild. Mia, du weißt ja, wo es steht. Bis bald!«

Sie beendet das Gespräch und wir wenden uns wieder Jan zu. Der hat endlich aufgehört zu weinen und wischt sich mit dem Ärmel seines T-Shirts übers Gesicht.

Prüfend schaut Papa ihm in die Augen. »Was ist eigentlich mit dir und Wotan passiert?«

»Also ... das weiß ich gar nicht so genau«, druckst Jan herum. »Ich erinnere mich noch daran, wie ich mit Wotan losgeritten bin. Er war zuerst ganz brav, ich hab mich schon gefragt, wovon Philipp und Vera geredet haben. Doch kurz nachdem wir hinter dem Ortsschild auf den Pfad zur Burg abgebogen waren, wurde er immer widerspenstiger. Irgendwie hab ich es trotzdem mit ihm fast bis zur Burg geschafft. Aber dann hat er gescheut, ich hab keine Ahnung, warum.«

»Der Schwarze Ritter.« Angstvoll drückt sich Mia noch ein bisschen enger an mich.

Auch mir wird komisch zumute und ich sehe mich nervös nach allen Seiten um.

»Jedenfalls hat Wotan einen riesigen Satz gemacht, dann ist er einfach in den Wald hineingerannt«, fährt Jan fort. »Natürlich habe ich wie verrückt an den Zügeln gezogen, aber er war so in Panik, dass er vielleicht gar nichts davon gemerkt hat. Danach kann ich mich an nichts mehr erinnern. Ich weiß nur noch, dass ich irgendwann mitten im Wald gestanden habe. Einfach so. Es war totenstill und stockdunkel, ich hatte keine Ahnung, was ich machen sollte, außerdem war mir schwindelig und schlecht ...«

»Du hast ziemlich sicher eine Gehirnerschütterung«, diagnostiziert mein Vater.

Daran ist Jan ja wohl selbst schuld ...

Er lässt den Kopf hängen. »Wisst ihr, was aus Wotan geworden ist?«

»Hannas Vater hat ihn eingefangen«, schaltet sich Mia ein. »Das war eine absolut halsbrecherische, mutige Aktion, denn der arme Kerl ist uns in totaler Panik entgegengaloppiert.«

»Es sieht ganz so aus, als hätte er eine solche Heidenangst gehabt, dass er eine ziemlich weite Strecke quer durch den Wald gerannt ist«, erläutert mein Vater.

»Zum Glück ist ihm nichts passiert«, ergänze ich. Jan atmet auf. Dann meint er kleinlaut: »Meine Reiterferien sind jetzt bestimmt vorbei.«

»Das können wir nicht entscheiden«, wiegelt mein Vater ab. »Außerdem müssen wir erst mal sehen, dass wir aus diesem Wald herauskommen. Bis zur Lichtung ist es recht weit. Meinst du, dass du das schaffst?«

Jan nickt stumm.

»Gut, dann lass uns aufbrechen«, beschließt Papa und setzt sich gleich in Bewegung.

Langsam trottet Jan hinter ihm her. Als er an uns vorbeikommt, wirft er uns aus den Augenwinkeln einen derart schuldbewussten Blick zu, dass Mia mir zuflüstert: »Ich glaube, der schämt sich halb zu Tode.«

»Ist nur gut so«, kommentiere ich, während wir uns den beiden anschließen.

Wir gehen nicht allzu schnell – einerseits, weil es Jan offenbar immer noch nicht gut geht, und andererseits, weil wir in der Dunkelheit mühsam unseren Rückweg finden müssen. Schließlich kommen wir aber wohlbehalten auf der Lichtung an.

Vorsichtig sieht sich Mia nach allen Seiten um.

»Schau mal, über den Bergen wird es schon ein bisschen hell. Der Schwarze Ritter geht bestimmt gerade schlafen«, necke ich sie.

Jetzt muss sie aber doch kichern. Überhaupt wirkt sie wie befreit, als sie uns mit großen Schritten über die Wiese zum Treffpunkt führt.

Das Erste, was wir von Vera, Leonie und Wuschel sehen, sind die Lichter der Taschenlampen. Dann kommt uns der große Hund schwanzwedelnd entgegen.

»Da bist du ja wieder«, sagt unsere Reitlehrerin zu Jan, als wir fast angekommen sind.

»Sie ist ordentlich sauer«, informiert uns Leonie.

»Zu Recht«, knurrt Mia.

»Als ihr angerufen habt, war sie am Ende«, sagt Leonie. »Zwar hat sie sich zusammengerissen, aber ich hab trotzdem gemerkt, dass sie kurz vorm Verzweifeln war.«

Mit hängendem Kopf ist Jan vor unserer Reitlehrerin stehen geblieben. »Entschuldigung«, murmelt er.

Als sie nicht gleich antwortet, schaltet sich mein Vater ein. »Ich vermute, er hat eine Gehirnerschütterung. Allzu schwer scheint sie aber nicht zu sein, denn er kann sich orientieren und er verhält sich ganz normal.«

»Ich finde, er benimmt sich sogar normaler als vorher«, sage ich leise zu Mia.

Die grinst. »Dann hat ihm der Schlag auf den Kopf vielleicht sogar gutgetan.«

»He! Ihm hätte Gott weiß was passieren können«, erinnert sie Leonie.

Währenddessen hat Vera dem Jungen einen prüfenden Blick zugeworfen. »Ich werde jetzt Oma anrufen. Sie kann uns mit dem Geländewagen abholen. Das heißt ...« Sie runzelt die Stirn. »Im Auto ist kein Platz für uns sechs und Wuschel. Drei müssen zu Fuß gehen.«

»Ich bin eigentlich froh, wenn ich jetzt noch ein bisschen laufen kann«, gibt Papa zu. »War doch alles ziemlich aufregend. Vielleicht hab ich mich ja wieder einigermaßen beruhigt, wenn ich in Gessenhausen ankomme.«

»Okay, dann gehe ich mit«, biete ich an. Schließlich möchte ich unbedingt von ihm erfahren, wo er gelernt hat, wie man durchgehende Pferde einfängt.

»Ich auch«, meint Mia.

»Alles klar.« Vera zieht ihr Handy aus der Tasche. Doch bevor sie Omas Nummer aufruft, wirft sie zuerst meinem Vater, dann uns Mädchen einen langen Blick zu. »Vielen Dank«, sagt sie. »Danke an euch alle. Ohne euch ... Also, ich weiß gar nicht, wie ich dann klargekommen wäre.«

»War doch selbstverständlich«, erklärt Papa.

»Genau«, ergänzt Mia. »Wenn's Schwierigkeiten gibt, muss man zusammenhalten, sagt meine Mutter.«

»Trotzdem.« Vera atmet tief durch. »Aber jetzt melde ich mich endlich bei Oma. Die macht sich bestimmt fürchterliche Sorgen.«

Sie muss auch gar nicht lange warten, bis sich am anderen Ende jemand meldet.

»Hallo! Wir haben Jan gefunden«, spricht Vera ins Telefon. »Es geht ihm ganz gut. Herr Wertheimer meint, dass er eine leichte Gehirnerschütterung hat. Aber sonst scheint er ziemlich in Ordnung zu sein ... Ja, das kannst du wohl laut sagen ... Philipp und Wotan sind schon auf dem Hof? Na wunderbar! ... Kannst du uns mit dem Geländewagen abholen kommen? ... Prima. Bis gleich ... Sag ihm, das wäre total lieb von ihm, ja?«

Sie beendet das Gespräch. »Oma kommt sofort. Wenn wir zu Hause sind, fahre ich mit Jan zum Krankenhaus. Für alle anderen deckt Philipp gerade den Frühstückstisch.«

»Gut.« Papa sieht Mia und mich an. »Dann gehen wir drei schon mal los, okay?«

»Klar doch«, stimmt ihm Mia zu. »Sonst haben die anderen uns schon alles weggefuttert, wenn wir ankommen. Dabei kriege ich gerade Hunger.«

Ich auch. Und todmüde bin ich sowieso. Aber das ist auch kein Wunder, wo wir doch die halbe Nacht auf den Beinen waren.

Diesmal nehmen wir den breiten, gut ausgebauten Weg, denn das ist im düsteren Morgengrauen viel angenehmer.

Papa zieht gleich mit derart großen Schritten los, dass wir kaum nachkommen.

»He! Nicht so schnell!«, schnaufe ich.

»Geht leider nicht anders. Ich will schon noch ein bisschen frühstücken, und duschen muss ich mich auch, bevor ich zur Uni fahre«, antwortet Papa.

»Du willst heute doch nicht etwa arbeiten gehen?« Mia kann es kaum fassen.

»Mir bleibt nichts anderes übrig«, seufzt er. »Gleich stehen nämlich mehrere Diplomprüfungen an. Ich kann die armen Studenten doch nicht hängen lassen.«

»Da hast du auch wieder recht«, gibt sie zu. »Trotzdem ...«

Er zuckt nur die Achseln.

Jetzt tut er mir schon ein bisschen leid. Ich selbst kann nachher immerhin wie halb tot ins Bett fallen und ein paar Stunden tief und fest schlafen. Er aber muss den ganzen Tag arbeiten.

»Hoffentlich döst du bloß nicht während einer Prüfung ein«, necke ich ihn trotzdem.

Er lacht. »Da brauchst du keine Angst zu haben. Prüfungen bedeuten nämlich auch für mich immer totalen Stress. Wetten, ich merke erst hinterher wieder, wie müde ich eigentlich bin?«

Ein paar Schritte gehen wir schweigend nebeneinanderher. Dann meint Mia: »Jetzt möchte ich aber unbedingt wissen, wie du es eben geschafft hast, Wotan zu stoppen.«

»Hm …« Weil er einen Moment überlegt, schaue ich mich ein bisschen um. Dabei sehe ich die Lichter eines großen Autos, das unter uns den Weg herauffährt.

Dann hat Oma sich aber wirklich beeilt, denke ich bewundernd. Unglaublich, wie fit sie mit ihren über achtzig Jahren noch ist.

»Es ist so«, beginnt Papa jetzt. »Jedes Säugetier, und sei es auch noch so groß, hält normalerweise an, wenn sich ihm jemand ganz ruhig und selbstbewusst in den Weg stellt. Dann geht es nämlich automatisch davon aus, dass sein Gegenüber stärker ist als es selbst.«

»Das gibt's doch nicht«, staunt meine Freundin.

»Doch, es ist so«, beharrt er. »Das klappt sogar bei wütend angreifenden Elefantenbullen. Ich habe es als Student in Afrika selbst mal erlebt. Damals hat der Ranger allerdings auch noch im letzten Moment einen Schritt nach vorne gemacht und dabei ›Hau ab!‹ gebrüllt. Wie auch immer, ich war schwer beeindruckt und habe diesen Vorfall nie wieder vergessen.«

»Das glaub ich dir«, beteuere ich.

»Und ich werd's mir merken«, bekräftigt Mia.

»Vorsicht! Das kann nämlich auch Probleme geben«, warnt er. »Man darf sich zum Beispiel niemals einem Pferd oder einem anderen Tier in den Weg stellen, wenn man dabei eben doch ein bisschen Angst hat und unsicher ist. Das Tier merkt das sofort und dann rennt es einfach weiter.«

»Auweia!« Mia schüttelt sich.

»Darum hast du uns gesagt, wir sollten zur Seite treten, als Wotan angerannt kam, oder?«, hake ich nach. »Wir hätten uns nämlich bestimmt gefürchtet und dann wäre es garantiert gefährlich geworden.«

»Genau«, bestätigt er. »Aber es gibt auch noch eine andere Ausnahme.«

»Und die wäre?«, fragt meine Freundin.

»Tiermütter, die glauben, dass ihre Jungen in Gefahr sind, wollen ihre Kinder oft so dringend beschützen, dass ihnen wirklich alles egal ist.« Jetzt muss er grinsen. »Bärenmännchen sind viel größer und stärker als die Weibchen. Oft wollen sie Bärenkinder, die nicht ihre eigenen Jungen sind, töten. Aber wenn deren Mütter sie bemerken und angreifen, rennen die Männchen regelrecht um ihr Leben.«

So eine Mutter hätte ich auch gerne gehabt, denke ich und werde traurig. Ich hab meine Mama ja nicht mal richtig gekannt.

Da kommt vor uns Veras Geländewagen aus dem Wald. Zügig fährt er auf uns zu, dann an uns vorbei, und trotz des nebligen Morgengrauens kann ich erkennen, dass Oma uns zuwinkt.

Ein paar Minuten später schauen wir schon auf Gessenhausen und auf die dunklen Silhouetten der Alpen, über denen sich der Himmel rosa gefärbt hat. Von den Bächen und den feuchten Moorwiesen steigen Schleier aus feinem Nebel auf und legen sich über die Hügel und das kleine Dorf, den Hof Glückstal und unser Haus.

Wie schön das alles ist!

Mit einem Schlag wird mir so richtig bewusst, dass das hier wirklich und wahrhaftig meine neue Heimat ist, und ich muss schlucken.

»He, träum nicht ’rum. Komm mit!«, fordert mich die ungeduldige Mia auf.

»Genau!«, ruft mir mein Vater zu, der schon ein Stück weitergegangen ist. »Sonst kriege ich kein Frühstück mehr und muss verhungern.«

»Du Spaßvogel!«, antworte ich und laufe hinter ihnen her.

»Na endlich! Da kommt Vera zurück.« Leonie reckt sich, um besser nach draußen sehen zu können.

Ich stelle mein Wasserglas weg und drehe mich um, damit ich aus dem Fenster schauen kann.

Gerade hält der Geländewagen auf dem Hof an. Die Beifahrertür geht auf und Jan steigt aus.

Als wir zurückgekommen sind, war Vera schon mit ihm zum Krankenhaus unterwegs. Vor ungefähr einer halben Stunde hat sie angerufen und uns durch Oma ausrichten lassen, dass Jan tatsächlich nur eine kleine Platzwunde am Kopf und eine leichte Gehirnerschütterung hat. Er soll sich heute schonen und vorsichtshalber noch zwei Tage lang nicht reiten. Aber danach ist wohl endgültig wieder alles in Ordnung.

»Er sieht schon wieder ziemlich fit aus«, urteilt Mia.

»Dem Herrgott sei's gedankt«, seufzt Oma.

»Der Idiot weiß gar nicht, was für ein Glück er gehabt hat«, brummt Philipp kopfschüttelnd.

»Ich mach schnell frischen Kaffee für die beiden«, bietet Mia an und steht auf.

Die Kaffeemaschine hat gerade zu gluckern begonnen, als Vera hereinkommt. Hinter ihr drückt sich Jan verlegen in der Tür herum. Schließlich gibt er sich aber doch einen Ruck und geht zögernd zu uns an den Tisch. Dann lässt er sich derart gequält auf seinen Platz sinken, als hätte dort jemand extra für ihn ein paar spitze Nägel ausgelegt.

Zugegeben: Philipp schaut ihn ja auch so an, als würde er genau das am allerliebsten machen. Und wir anderen gucken auch nicht gerade freundlich.

Nur Oma scheint das Ganze ein bisschen anders zu sehen. »Iss mal was, mei Buab!«, fordert sie ihn auf. »Oder geht's dir noch nicht gut g'nug?«

»Doch, ja ... schon. Schlecht ist mir jedenfalls nicht mehr«, murmelt er, bevor er sich zögernd ein Brötchen nimmt und Butter und Marmelade daraufschmiert.

Vera dagegen erklärt: »Mann, was hab ich einen Riesenhunger.«

Als Mia ihr Kaffee eingießt, kaut sie schon fleißig an ihrem Käsebrot.

»Danke«, sagt sie, nachdem sie ein paar Bissen gegessen hat. »Noch einmal vielen, vielen Dank an euch alle, weil ihr uns in der letzten Nacht so toll geholfen habt. Und wie ich hörte, habt ihr heute Morgen sogar schon die Pferde gefüttert.«

»War doch klar, die hatten Hunger«, antworte ich. »Gleich bringen wir auch noch gerne die Stuten und Fohlen auf die Weide.«

»Aber danach möchten wir ganz unbedingt ein bisschen schlafen«, ergänzt Mia.

»Ja klar«, meint Oma. »Was hätt'n wir an so einem Tag wohl ohn' euch g'macht?«

»Dann würden wir wahrscheinlich immer noch nach Jan und Wotan suchen«, vermutet Vera.

»Ich ... ähm ... es tut mir leid«, sagt Jan unvermittelt.

Als wir erstaunt aufblicken, wird er ein bisschen rot.

»So was Ähnliches hast du drüben im Wald schon mal gesagt«, knurrt Mia.

»Stimmt«, gibt er zu. »Aber … als wir eben zum Krankenhaus gefahren sind, hab ich voll Angst gehabt, dass Vera mich nach Hause schickt.«

»Sieh mal einer an«, murmele ich fast unhörbar.

»Aber dann hat sie mir gesagt, dass ich bleiben darf … äh, na ja, jedenfalls, wenn so was wie letzte Nacht nicht noch mal passiert«, fährt er fort. »Danach war ich voll erleichtert, und … ich hatte ja auch noch ein bisschen Zeit zum Nachdenken. Jedenfalls … also …«

Nun komm doch endlich zur Sache!, denke ich, denn ich bin immer noch viel zu sauer, um Geduld mit ihm zu haben.

»Ich bin zu dem Schluss gekommen, dass Finn recht gehabt hat«, sagt Jan.

»Wer ist das denn?«, wundert sich Mia.

»Ach so, ja. Finn ist mein bester Freund«, erklärt er. »Er hat mir erst vor ein paar Tagen gesagt, dass ich unbedingt mal über mich nachdenken müsse. Weil … ich soll mich wohl verändert haben, seit mein Vater den Erfolg mit der *Bergpolizei* hat und berühmt geworden ist.«

»Sag bloß, dieser Finn meinte, dass du seitdem total arrogant geworden wärest.« Die Worte sind mir herausgerutscht, bevor ich richtig darüber nachdenken konnte.

Prompt wird Jan dunkelrot im Gesicht. »Also … hm … ja, so ungefähr.«

»Dann hatte er recht«, stellt ausgerechnet Leonie fest.

Jan setzt sich gerader hin. »Okay. Früher war ich aber nicht so. Sonst wäre Finn bestimmt nicht mein Freund geworden. Und …« Er schaut in die Runde. »Ich hab mir ganz fest vorgenommen, dass ich wieder genauso werden will, wie ich mal gewesen bin.«

Philipp zieht die Augenbrauen hoch, so als würde er denken: Da bin ich aber echt mal gespannt.

»Hallo.«

Ist das etwa Jan? Erstaunt schaue ich auf.

Tatsächlich, da steht er in der Stalltür. Verlegen tritt er von einem Fuß auf den anderen, dann fragt er: »Kann ich euch helfen?«

Ich stelle meine Mistgabel zur Seite.

Gestern haben wir ihn den ganzen Tag nicht mehr zu Gesicht bekommen. Zum Teil hat das bestimmt daran gelegen, dass wir bis in den Nachmittag hinein geschlafen haben. Aber als wir hinterher zusammen ausgemistet und die Pferde in den Stall geholt haben, war von ihm weit und breit immer noch nichts zu sehen. Angeblich lag er im Bett, weil er wieder Kopfschmerzen gekriegt hatte.

Nun scheint es ihm aber deutlich besser zu gehen. Und vielleicht hat er sich ja wirklich was vorgenommen.

»Darfst du denn überhaupt schon wieder ausmisten?«, will Mia wissen.

Er zuckt die Achseln. »Ich soll halt heute und morgen noch nicht reiten. Aber ansonsten kann ich wieder alles machen.«

Ich werfe Philipp einen fragenden Blick zu. Der runzelt die Stirn und guckt alles andere als erfreut, aber er erklärt: »Wenn du das wirklich willst ... Hast du denn überhaupt schon mal eine Mistgabel in der Hand gehabt?«

»Ja klar.« Mit schnellen Schritten kommt Jan zu uns in die Box, schnappt sich meine Mistgabel und fängt an, das schmutzige Stroh in die Karre zu laden.

Philipp zieht die Augenbrauen hoch. »Okay. Aber zu viert

ist es hier drin zu eng. Mia, sollen wir beide in der nächsten Box anfangen?«

»Meinetwegen«, meint die. »Dafür hole ich aber besser die zweite Karre.«

Er nickt, drückt sich an Jan und mir vorbei und geht in die Nachbarbox.

Ich dagegen greife mal wieder zum Besen und kehre den bereits sauberen Teil aus. Dabei beobachte ich Jan aus den Augenwinkeln.

Er kann nicht nur mit Mistgabeln umgehen, er langt auch ziemlich zu, stelle ich bald fest. Kopfschmerzen scheint er wirklich keine mehr zu haben.

Jan hat die große Karre erstaunlich schnell gefüllt. Und als Mia damit zum Misthaufen geht, macht er keine Pause, sondern holt einen neuen Strohballen und schneidet ihn auch gleich auf.

Wir verteilen gerade das frische Stroh in der Box, als Mia zurückkommt.

»Du kannst jetzt meine volle Karre wegbringen«, schnauft Philipp von nebenan.

»Und stelle die leere vor die übernächste Box, ja?«, rufe ich ihr zu.

Sie verdreht die Augen.

Offenbar hat Jan das gesehen, denn er lässt den letzten Rest seines Strohs fallen, schnappt sich den Griff von Philipps Karre, schenkt Mia ein Lächeln und schlägt vor: »Das übernehme ich, okay?«

Meine Freundin wird ein bisschen rot. »Oh ja, bitte. Vielen Dank.«

Er muss sich sehr ins Zeug legen, damit sich die schwere Karre überhaupt von der Stelle bewegt. Als das Ding endlich in Richtung Tür rollt, sieht ihm Philipp nachdenklich hinterher. Dann greift er zum Besen, um seine Box auszukehren.

Durch Jans tatkräftige Hilfe werden wir heute deutlich schneller mit dem Ausmisten fertig als sonst. Darum haben wir hinterher noch Zeit, ein bisschen gemütlich im Hof zusammenzusitzen, bevor wir gemeinsam die Stuten und Fohlen in den Stall holen.

Leonie ist jetzt auch dabei. Ihre beiden Reitstunden haben heute wieder prima geklappt, darum ist sie total glücklich und ungewöhnlich gesprächig, ja sogar ein bisschen aufgekratzt. Mit roten Backen und glänzenden Augen schwärmt sie von ihrer freundlichen, aufmerksamen, geliebten Fanny: »Dann bin ich ein bisschen ins Rutschen geraten und stellt euch vor: Sie hat sofort angehalten. Ich hab vielleicht Herzklopfen gehabt, immerhin war ich mir für einen Moment sicher, dass ich diesmal ganz bestimmt vom Pferd fallen würde. Aber Fanny ist so lange still stehen geblieben, bis ich wieder fest im Sattel saß.«

»Sie ist wirklich ein feiner Kerl«, bestätigt Jan. Dabei krault er mit seiner rechten Hand Erna, die sich dicht neben seinem Stuhl auf ihr Hinterteil niedergelassen und genüsslich die Augen geschlossen hat.

»Meine Merry würde mir so einen Gefallen nicht tun«, meint Mia, auf deren Schoß die schnurrende Katze Kralli liegt. »Wenn sie es mal schafft, mich abzusetzen, blitzen ihre Augen immer total verräterisch. Dann hab ich jedes Mal schwer den Eindruck, sie würde sich über mich totlachen. So was nimmt sie einfach nicht ernst.«

»Warum auch? Du bist bisher doch immer wieder aufgestanden«, sage ich.

»Tja«, grinst Philipp. Dann wendet er sich Leonie zu. »Trotzdem: Vom Pferd zu fallen, gehört beim Reiten einfach dazu. Früher oder später passiert dir das auch. Da führt kein Weg dran vorbei.«

Entsetzt sieht sie ihn an.

»Das ist leider wirklich so«, bestätige ich. »Deswegen brauchst du dir aber keine Gedanken zu machen, denn meistens passiert gar nichts Schlimmes. Okay, man tut sich ein bisschen weh, aber sonst ...«

»Wichtig ist nur, dass du danach so schnell wie möglich wieder in den Sattel steigst«, ergänzt Mia. »Sonst hast du beim nächsten Mal garantiert eine Riesenangst und das ist absolut nicht nötig.«

Philipp nickt. »Ich kenne Leute, die sind nach einem Sturz nie wieder aufs Pferd gestiegen. Dabei hatten sie nur ein paar blaue Flecken.«

»Die haben es halt zugelassen, dass sich der Schreck bei ihnen festsetzen konnte«, erklärt Mia.

Da klingelt ihr Handy. Schnell zieht sie es aus der Tasche und schaltet es ein. »Mama? Ja, was ...? Ach du jemine! Klar, ich komme sofort!«

Sie nimmt Kralli auf den Arm, steht auf und fragt: »Hanna, übernimmst du die Katze? Ich muss jetzt nach Hause, denn heute Abend will ich noch mit meiner Mutter nach Traunstein fahren, um neue Klamotten zu kaufen. Das hatte ich glatt vergessen.«

»Ja klar, gib sie her.« Ich rücke ein Stück vom Tisch weg, damit sie mir Kralli auf den Schoß legen kann.

Kurz darauf kommt Vera mit Wuschel um die Ecke. »Wie ist es, Leonie, möchtest du noch ein bisschen mit mir und Fanny spazieren gehen?«

»Aber immer«, freut die sich.

»Philipp, würdest du ihr bitte beim Putzen helfen?«, fragt ihn seine Mutter. »Bevor ich mit den beiden losziehe, muss ich nämlich noch ein paar Telefonate führen.«

»Wird gemacht«, bestätigt er und verschwindet mit Leonie im Stall.

So bin ich plötzlich mit Jan alleine. Komischerweise wissen wir zuerst beide nicht, was wir sagen sollen. Darum widmet er seine ganze Aufmerksamkeit erst mal Erna, die inzwischen ihren schweren Kopf auf seine Knie gelegt hat und mit glücklichem Gesicht zu ihm aufschaut. Ich dagegen konzentriere mich auf die wohlig schnurrende Kralli.

»Muss schon toll sein, wenn der eigene Vater ein berühmter Schauspieler ist«, bemerke ich nach einer Weile. In den letzten Tagen hab ich nämlich ziemlich viel darüber nachgedacht. »Ich meine, seinen Papa als großen Helden in tollen Filmen und spannenden Serien zu sehen, das hat doch was. Außerdem lernst du bestimmt jede Menge bekannter Leute kennen: Regisseure, Stuntmen, Sänger, andere Schauspieler ...«

Er wiegt den Kopf. »Das stimmt zwar, aber es ist nur die eine Seite. Weißt du, Schauspieler ist ein total unsicherer Beruf. In den letzten Jahren hat es Phasen gegeben, in denen mein Vater richtig viel zu tun hatte, weil er an einem Theater engagiert war oder eine Filmrolle nach der anderen bekam. Aber da waren auch immer wieder Zeiten, in denen er monatelang keine Arbeit hatte. Dann hat er ziemlich gelitten. Und alles wurde dadurch noch schlimmer, dass er dauernd irgendwo vorspielen musste und doch nicht genommen wurde. Dabei liebt er seinen Beruf.«

Ich muss schlucken. So hab ich mir das Leben als Schauspieler nun doch nicht vorgestellt.

»Wenigstens hat meine Mutter eine feste Stelle als Lehrerin, sonst wären wir bestimmt öfter in finanzielle Schwierigkeiten gekommen«, fährt er fort. »Trotzdem: Dieses ewige Auf und Ab war sehr schwer für mich. Wir wussten ja nie, was mit Papa in einem halben Jahr oder so sein würde. Außerdem: Vor allem, als ich noch jünger war, gab es aus meiner Sicht eigentlich nur die Wahl zwischen Pest und Cholera. Entweder Papa hatte Arbeit und war total zufrieden, aber oft war er monatelang kaum zu Hause. Oder er hatte nichts zu tun. Dann hat er zwar den Haushalt geschmissen und sich ganz viel Zeit für mich genommen, er hat mir bei den Hausaufgaben geholfen, ist mit meinen Freunden und mir schwimmen gegangen und so weiter. Aber gleichzeitig war er unglücklich, manchmal sogar richtig verzweifelt. Das konnte ich deutlich spüren, obwohl er wirklich alles getan hat, um es vor mir zu verbergen.«

Er atmet tief durch. »Glaub mir: Ich hab meine Klassenkameraden, deren Väter eine feste Arbeit hatten, richtig beneidet. Denn ihre Papas waren immer zu Hause und ihr Leben war total vorhersehbar. Aber dann bekam mein Vater seine erste Hauptrolle in einer Fernsehserie ...«

»Du meinst die *Bergpolizei?*«, unterbreche ich ihn.

»Ja, genau«, bestätigt er. »Anfangs war es noch nicht so eine große Sache, weil niemand wusste, ob die Serie ein Erfolg werden würde. Doch dann ...«

Jan überlegt einen Moment. »Dann wurden die ersten Folgen gezeigt und mein Vater konnte sich vor Fanpost kaum noch retten. Das Telefon lief heiß, weil andauernd irgendwelche Reporter bei uns anriefen und ihn um ein

Interview baten. Bald konnte er nicht mal mehr auf die Straße gehen, ohne dass ihn lauter fremde Leuten umlagerten, die alle ein Autogramm von ihm haben wollten. Neuerdings bekommt er jede Menge neuer Rollenangebote. Außerdem macht er andauernd Werbung für irgendwas, und das wird richtig, richtig gut bezahlt. Alleine von diesen Werbegagen hat er das alte Gutshaus gekauft, von dem ich euch ja schon erzählt habe.«

Er schüttelt den Kopf, als könne er immer noch nicht so richtig glauben, was in den letzten Monaten mit seiner Familie passiert ist. »Auch zu mir waren die Leute plötzlich ganz anders. Wenn ich in unserer Heimatstadt einkaufen gehe, werde ich jetzt dauernd von irgendwem nach meinem Vater ausgefragt. Mädchen, die mich gar nicht kennen, himmeln mich an – im Bus, in der Schule oder wenn ich mit meinem Vater irgendwo herumlaufe. Ich hab sogar das Gefühl, dass meine Lehrer freundlicher zu mir sind. Sie nehmen mich jetzt öfter dran und schimpfen mich auch nicht mehr so schnell aus. Glaub mir: Das alles hab ich anfangs kaum kapiert; es war fast so was wie ein Schock.«

Und den scheint er nicht verkraftet zu haben. Das kann ich sogar ganz gut verstehen. Wer weiß, wie ich reagiert hätte, wenn ich an seiner Stelle gewesen wäre ...? Ich kann gut nachvollziehen, wie es sich anfühlt, wenn sich plötzlich das ganze Leben so radikal verändert. Unser Umzug ist mir doch auch total an die Nieren gegangen. Und sogar heute fühle ich mich manchmal noch etwas fremd, obwohl es hier so schön ist. Dann kann ich gar nicht richtig glauben, dass ich jetzt wirklich hier wohne.

»Ich glaube, du bist mit deinen Gefühlen gar nicht so allein, wie du denkst«, sage ich.

Jan lächelt und seine großen dunklen Augen leuchten. Erleichterung liegt jetzt in seinem Gesicht. Er ist mit Sicherheit heilfroh, weil er endlich mal jemandem sein Herz ausschütten konnte und weil ich Verständnis für ihn habe.

Plötzlich fällt mir wieder auf, wie gut er eigentlich aussieht.

Ab jetzt gibt sich Jan richtig Mühe. Er hilft uns regelmäßig im Pferdestall, trägt wie selbstverständlich seinen Kram in die Sattelkammer, hält sich genau an Veras Anweisungen und macht nach dem Reiten seinen Putzplatz sauber. Ja, er schleppt sogar Omas schwere Einkaufstaschen ins Haus und hilft ihr beim Tischdecken. Bald ist sie total begeistert von dem »brav'n Bub«. Und sie lächelt, sobald sie ihn nur von Weitem sieht.

Auch ich bin inzwischen froh, dass er bei uns gelandet ist. Mehr und mehr entpuppt er sich nämlich als freundlicher, geradezu gutmütiger Kerl. Immer wieder erwische ich mich dabei, dass ich versuche, so viel wie möglich in seiner Nähe zu sein. Und ich hab ganz schwer den Eindruck, dass es Mia genauso geht. Auch Leonie hat mit Sicherheit nichts mehr gegen ihn. Nur Philipp sieht das offenbar immer noch ganz anders. Aber das ist ja wohl sein Problem.

So gehen ein paar Tage ins Land. Leonie macht beim Reiten auf Fanny weiter große Fortschritte. Sie nimmt sich ewig lang Zeit, um sie zu putzen, bis sie glänzt, als ginge es auf eine Zuchtschau. Stundenlang steht sie an ihrer Box oder an der Weide, um mit ihr zu schmusen, und bevor sie ins Bett geht, macht sie meistens noch einen letzten Abstecher in den Pferdestall. Die zwei sind eindeutig ein Herz und eine Seele.

Eigentlich sollte man meinen, dass auf dem Reiterhof Glückstal nun wieder etwas ruhigere Zeiten anbrechen würden. Aber es gibt ein paar Dinge, über die ich mich ziemlich wundere. Da ist zum Beispiel die Sache mit meinem Vater …

Es fängt an, als er Mia und mir eines Abends entgegenkommt, während wir den Hof verlassen.

Grüßend hebt er die Hand und erklärt: »Ich muss was mit Vera bereden.«

»Ja, was …?«, beginne ich verdutzt. Aber ich spreche nicht zu Ende, denn er ist schon mit zügigen Schritten unterwegs in Richtung Wohnhaus.

Ich überlege kurz, ob ich vielleicht was ausgefressen habe. Doch mir fällt absolut nichts ein. Und hinterher liest mir auch niemand die Leviten. Aber das Ganze ist schon irgendwie komisch, denn sonst taucht Papa so gut wie nie auf dem Reiterhof Glückstal auf.

Zwei Tage später, als wir nach einem Ausritt die Pferde fertig machen, ist er schon wieder da. Und er hat so ein spitzbübisches Lächeln im Gesicht, während er uns kurz Hallo sagt und dabei Erna streichelt.

Mit gerunzelter Stirn sehe ich zu, wie er im Haus verschwindet. Dann fragt mich Mia auch noch leise: »Sag mal, ist dein Papa vielleicht in Vera verknallt?«

Ihre Worte schlagen wie eine Bombe bei mir ein. Nein, darauf wäre ich wirklich nie gekommen. Solange ich denken kann, hat Papa nicht ein einziges Mal eine Freundin gehabt. Das war mir auch immer ganz recht so, schließlich hab ich nur ihn! Vielleicht hat er das ja gespürt. Oder die Richtige ist ihm einfach nicht über den Weg gelaufen. Und jetzt soll er sich ausgerechnet in Vera verliebt haben …?

Allein schon der Gedanke löst tausend Gefühle in mir aus. Und die sind total widersprüchlich.

Den ganzen Abend denke ich darüber nach, erst recht, weil Papa eine halbe Ewigkeit nicht nach Hause kommt.

Als es schon fast dunkel ist, gehe ich zum Fenster und schaue hinüber zum Hof Glückstal.

Im Wohnzimmer und in Leonies Gästezimmer brennt Licht. In Veras Büro auch. Da sitzt sie jetzt bestimmt mit Papa. Über was mögen sie wohl sprechen? Wenn sie denn überhaupt reden und nicht ...

Aber das kann ich mir wirklich nicht vorstellen.

Es ist fast zehn Uhr, als endlich die Haustür knarrt. Dann kommt ein bestens gelaunter Papa ins Wohnzimmer.

»Wie war's?«, hätte ich ihn am liebsten gefragt. Aber gleichzeitig hab ich das Gefühl, als wäre das jetzt irgendwie falsch. Also sehe ich ihn nur erwartungsvoll an.

Doch er lächelt nur und sagt: »Geheimnis.«

Damit kommst du bei mir nicht durch!, denke ich und hake nach: »Was soll das denn heißen?«

Er runzelt die Stirn. »Na was wohl? Dass ich euch nichts sagen darf.«

»Und wer hat dir das verboten?«, will ich wissen.

»Vera natürlich«, versichert er.

Sagt er jetzt die Wahrheit oder ist das nur ein Vorwand, weil er noch nicht zugeben will, dass er verknallt ist?

Fieberhaft denke ich darüber nach, was ich ihn noch fragen, wie ich ihm die Wahrheit entlocken könnte. Aber leider fällt mir überhaupt nichts ein.

In den nächsten Tagen benehmen sich Vera und Papa immer seltsamer. Vera verbringt nämlich auffällig viel Zeit in ihrem

Büro. Fast jedes Mal, wenn wir dort aufkreuzen, hängt sie am Telefon. Und einmal räumt sie ganz schnell etwas zusammen, als sie uns kommen sieht.

Klar, dass bei Mia, Leonie, Jan und mir die Gerüchteküche brodelt. Trotzdem hat keiner von uns auch nur den blassesten Schimmer.

Und Philipp und Oma schweigen wie ein Grab, obwohl wir immer wieder versuchen, sie zu löchern. Dann taucht ohne erkennbaren Grund der Tierarzt bei uns auf und untersucht ausgerechnet Samantha, Merry, Fanny und Almrose. Außerdem nimmt er sich die etwas übereifrige, junge Stute Weidenkätzchen und die gemütliche, aber leicht sture Atlanta vor. Anschließend erklärt er, dass alle kerngesund wären und dass man auch die tragenden Stuten problemlos für »jegliches Vorhaben« einsetzen könne. Wenige Tage später kommt auch noch der Hufschmied, um alle sechs Stuten neu zu beschlagen.

Dadurch wird das Ganze endlich etwas besser durchschaubar.

»Vielleicht will sie ja mit uns eine große Tour mit der Kutsche machen«, überlegt Leonie, als sie mit Mia, Jan und mir auf dem Heuboden sitzt.

»Könnte schon sein. Veras Pferde sind ja alle eingefahren«, meine ich, während ich mich richtig hinsetze, damit der grau gestreifte Kater Tiger auf meinem Schoß Platz nehmen kann.

»Aber warum braucht sie dann sechs Pferde? Zwei oder vier würden für ein Gespann doch absolut reichen«, widerspricht Mia.

»Das stimmt auch wieder«, gibt Leonie zu.

»Ich glaube eher, dass Vera für uns irgendeinen Wettkampf organisiert, vielleicht eine Geschicklichkeitsprüfung oder so was«, schlägt meine Freundin vor.

Jan wiegt den Kopf. »Gut möglich. Oder sie plant einen Orientierungsritt, so nach dem Motto: Wer von euch kommt mit Landkarte und Pferd am schnellsten von Punkt A nach Punkt B?«

»Das schaffe ich nicht«, bemerkt Leonie bedrückt.

»Doch, klar«, ermutigt er sie. »Vera weiß mit Sicherheit, was sie dir zumuten kann. Außerdem hast du doch die Fanny. Und du reitest bestimmt mit jemandem zusammen.«

Jetzt stahlt sie ihn an. Das hinterlässt bei mir ein komisches Gefühl. Aber ich hab keine Ahnung, warum ...

Im Endeffekt wissen wir aber immer noch nicht, was Vera vorhat. Und als sie uns am Samstagmorgen bittet, mal wieder die Sättel und Trensen unserer Pferde einzufetten, denken wir uns zuerst nichts dabei.

Nachdem wir es uns mit unseren Utensilien in der Sonne bequem gemacht haben, kommt sie aus dem Stall und setzt sich zu uns.

»Außer Philipp weiß, glaube ich, niemand von euch, warum ihr euch ausgerechnet heute um die Reitsachen kümmern sollt«, beginnt sie vorsichtig.

Prompt schlägt mein Herz ein bisschen schneller. Und Mia murmelt: »Endlich rückt mal jemand mit der Sprache raus.«

»Aber ihr ahnt mit Sicherheit, dass ich etwas vorhabe«, sagt Vera.

Wir nicken heftig und sie fährt fort: »Ich möchte einen Wanderritt machen, und zwar nicht nur mit Philipp, Jan und Leonie, sondern auch mit Hanna und Mia.« Sie sieht uns an. »Kurz vor den Ferien hatte ich euch doch eine Überraschung versprochen.«

»Ein Wanderritt.« Jan macht große Augen. »Damit haben wir echt nicht gerechnet.«

»Cool!«, haucht Mia.

Mir dagegen bleibt glatt die Spucke weg.

Aber Leonie sieht plötzlich ganz traurig aus. »Da kann ich bestimmt nicht mitkommen«, meint sie leise.

»Oh doch, da bin ich mir ganz sicher«, ermutigt sie Vera. »Schau mal, du und Fanny, ihr seid inzwischen ein tolles Team. Und wir werden wirklich nur Schritt reiten – nicht nur wegen dir, sondern auch weil der Ritt sonst für die tragenden Stuten zu viel würde.«

»He, trau dir doch einfach mal was zu!«, fordert Jan sie auf. Und weil er direkt neben ihr sitzt, legt er ihr ermutigend die Hand auf die Schulter.

»Wenn ihr meint ...« Jetzt fängt Leonie endlich auch an zu lächeln.

»Absolut«, bekräftigt Philipp.

Vera nickt. »Am Montag geht's los. Wir werden einmal rund um den Waginger See reiten. Das dauert etwa drei Tage. In den beiden Nächten werden wir bei Freunden von uns auf dem Bauernhof übernachten. Die Pferde kommen auf die Weide und ihr dürft im Heu schlafen. Ist das okay?«

»Und wie!« Jetzt strahlt Leonie übers ganze Gesicht.

Mia springt auf und zieht mich und Leonie mit. Arm in Arm hüpfen wir über den Hof und singen: »Ein Wanderritt! Ein Wanderritt!«

Nach einiger Zeit geht uns die Luft aus. Keuchend bleiben wir mitten im Hof stehen und schauen uns nach den beiden Jungs um.

Na, so was! Offenbar sind sie sich ausnahmsweise mal einig. An die Stallmauer gelehnt, stehen sie mit vor der Brust gekreuzten Armen da und grinsen.

»He! Freut euch doch auch!«, schnauft Mia.

»Tun wir doch, und wie«, antwortet Jan.

»Jungs!« Ich kann nur den Kopf schütteln.

Da kommt Oma aus dem Haus, einen Korb mit drei Flaschen Sprudelwasser und ein paar Gläsern in der linken Hand.

»Bestimmt wollt's ihr jetzt was trink'n, so, wie ihr getobt habt«, meint sie lächelnd, als sie neben uns stehen bleibt.

»Oh ja, vielen Dank!« Durstig nimmt sich Leonie das erste volle Glas.

Ich dagegen stehe einfach nur da, schnappe nach Luft und versuche, wieder Ordnung in meine Gedanken zu bringen, die vor lauter Überraschung und Freude immer noch ganz wirr sind.

Wir werden einen Wanderritt machen. Jawohl, einen richtigen Wanderritt, und schon übermorgen geht es los!

V

Auf ins Abenteuer!

Dumpf klingen die Hufe unserer Pferde auf der feuchten Erde. Mit Mühe tasten sie sich über den rutschigen Boden voran.

»Hannaaah!«

War das wirklich eine tiefe Stimme, leise und ganz weit entfernt?

Angstvoll sehe ich mich um, aber da sind nur Dunkelheit und Nebel. Sogar Mia, die mit Merry vor mir herreitet, kann ich nur mit Mühe erkennen. Dabei halte ich eine Taschenlampe in der Hand!

Seit Stunden irren wir nun schon durch diesen fremden, dichten, düsteren Wald, denn wir haben schlicht und ergreifend jede Orientierung verloren. Und hier, mitten in der Nacht und Wildnis, finden unsere Handys kein Netz. Dabei ist es schon weit nach Mitternacht. Nein. So hab ich mir unseren ersehnten Wanderritt wirklich nicht vorgestellt!

»Hannaaa!«

Mir läuft ein Schauer über den Rücken, denn die fremde Stimme kommt näher. Aber warum reagieren die anderen nicht? Was soll ich bloß machen?

Da! Hinter mir erklingen schnelle Hufschläge und Leonie

schreit panisch: »Jan! Halte Wotan auf! Um Himmels willen, halte an!!«

Dann Vera: »Er ist mit Jan durchgegangen! Sie sind weg, einfach auf und davon!«

»Musste der Dummkopf denn auch unbedingt unseren Hengst reiten?«, schimpft Philipp vor uns.

»Hannaaaa!«

Die unheimliche Stimme ist jetzt direkt vor mir!

Ich blinzele, um ein bisschen besser sehen zu können.

Ja, da ist etwas, eine schattenhafte, menschliche Gestalt. Sie kommt noch näher, wird immer größer, ihre eiskalte Hand packt mich an der Schulter ...

»Hanna, Menschenskind, nun werde doch endlich wach!«

Erschrocken reiße ich die Augen auf.

Huch, das ist ja Papa! Was macht der denn hier? Und warum ist es so hell?

Ach so, ich liege in meinem Bett. Und es ist auch schon Morgen.

»Oh Mann, Papa, gerade hab ich doch echt geträumt, du wärst ein Gespenst«, murmele ich verschlafen.

Er lacht. »Tja, manchmal fühle ich mich wirklich so. Trotzdem: Du musst jetzt aufstehen, und zwar ganz schnell. Gleich startet doch euer Wanderritt. In einer halben Stunde sollst du schon auf dem Hof Glückstal sein!«

»Was? Wie? Ach du lieber Himmel!« Jetzt bin ich richtig wach. Ich springe so schnell aus dem Bett, dass er mir gerade noch ausweichen kann.

Wie konnte ich nur ausgerechnet diesmal verschlafen? Und warum zum Henker hat dieser blöde Hahn gerade heute nicht gekräht?

»Ich schmiere dir schon mal ein Brot, ja?«, ruft Papa mir hinterher, weil ich schon fast im Bad bin.

»Okay, vielen Dank!« Hektisch fingere ich nach der Zahnbürste.

»Rosinenstuten oder Graubrot? Mit Honig oder Marmelade?«, will er noch wissen.

»Weißbrot mit Honig, bitte!«, antworte ich, drücke eilig Zahnpasta aus der Tube und fange an, mir die Zähne zu putzen.

Was war das eben für ein schauriger Traum, überlege ich dabei. Ein gutes Vorzeichen für unseren Wanderritt ist so was nicht gerade.

Ich spüle meine Zahnbürste aus und stelle sie zurück in den Becher.

Obwohl, kann man in seinen Träumen wirklich die Zukunft voraussehen?, frage ich mich, während ich mir mein Nachthemd ausziehe und die Dusche anstelle. Hm ... Papa würde mir jetzt bestimmt sagen, dass das nicht geht. Und ich bin ich wegen dieses Rittes schon seit vorgestern tierisch aufgeregt.

Ich gehe in die Duschkabine und halte mein Gesicht in den warmen Wasserstrahl. Außerdem hab ich eher von Jans nächtlichem Ausflug geträumt als von unserem Wanderritt: Er ist auf Wotan geritten, der ist ihm durchgegangen, es war nebelig und mitten in der Nacht, und dann war da noch dieser schattenhafte Geist. Okay, in Wirklichkeit hab ich schon so halb mitgekriegt, dass mein Vater mich wecken wollte.

»Papa, das Nachtgespenst«, murmele ich grinsend. Dann nehme ich das Duschgel und seife mich ein.

Tatsächlich komme ich nur fünf Minuten zu spät auf dem Hof Glückstal an. Und ich bin mir ziemlich sicher, dass mich noch kein Mensch vermisst hat, denn alle Leute haben viel zu tun. Philipp führt Atlanta aus dem Stall und Vera ist wohl schon mit dem Putzen von Weidenröschen fertig. Sie schleppt Sattel und Trense über den Hof, dicht gefolgt von dem aufgeregt hechelnden Wuschel. Oma wuselt geschäftig zwischen ihnen herum und verteilt Päckchen mit Obst, frisch geschmierten Butterbrezeln und kleinen Plastikflaschen voll Sprudelwasser.

Mia hilft Leonie, Fanny zu putzen. Als ich an den beiden vorbeigehe, sagt sie gerade zu ihr: »Dafür greifst du mir gleich bei Merry unter die Arme, okay?«

»Merry?« Erschrocken schaut Leonie sie an.

»Klar doch. Sie ist zwar ein bisschen unruhig, aber sie ist trotzdem total lieb. Ganz ehrlich!«, versichert meine beste Freundin.

Natürlich kann Leonie jetzt nicht Nein sagen, darum stimmt sie leise zu: »Einverstanden.« Aber man sieht ihr an, wie schwer ihr das fällt.

Das hast du gut gemacht, Mia!, denke ich und zwinkere ihr im Vorbeigehen zu.

Fragt sich bloß: Wo steckt Jan? Ich schaue mich noch einmal um, aber von ihm ist weit und breit nichts zu sehen. Allerdings steht Almröschen schon angebunden auf dem Hof.

Da wird er wohl gleich kommen, sage ich mir und verschwinde im Stall.

Als ich mit Samantha am Strick wieder auf den Hof trete, sehe ich ihn endlich. Das heißt: Zuerst erkenne ich nur Erna, die fröhlich grunzend aus der Sattelkammer trabt. Dann kommt Jan.

Er sieht toll aus heute Morgen. Und seine blauen Augen schauen mich so intensiv an ...

»'n Morgen, Hanna«, begrüßt er mich gut gelaunt.

Erst als Samantha mich sanft mit ihrer Schnauze anstupst, wird mir klar, dass ich wie angewurzelt in der Stalltür stehen geblieben bin. Wie oberpeinlich! Und jetzt werde ich auch noch rot!

Herrgott noch mal, Hanna, was ist denn bloß mit dir los?, frage ich mich verwirrt und schaue schnell zur Seite. Dann gehe ich weiter und sage dabei in möglichst beiläufigem Ton: »Hallo, Jan! Gut geschlafen?«

»Nicht wirklich«, gibt er zu. »Ich war einfach zu aufgeregt.«

»Und ich erst«, seufzt Mia, die gerade Merry hinter ihm vorbeiführt.

Er schaut sich nach ihr um. Und als sie ihre Stute ein paar Meter von Fanny entfernt festbindet, registriert er die verlegen von einem Fuß auf den anderen tretende Leonie. Offenbar kapiert er auch, dass sie Mia beim Putzen unterstützen soll, denn er geht auf die beiden zu und fragt: »Kann ich euch helfen?«

Leonie strahlt ihn so dankbar an, als würde sie ihm am liebsten um den Hals fallen.

Mia dagegen wird jetzt auch ein bisschen rot. »Ja klar, warum nicht? Danach helfe ich dir gern mit Almrose.«

Wenn noch jemand dabei ist, macht das Leonie vielleicht Mut, sage ich mir, bevor ich Samantha in sicherem Abstand von den anderen Pferden festbinde. Während ich sie sauber mache, beobachte ich die drei um Merry möglichst unauffällig.

Nein, Jan nimmt Leonie die Arbeit nicht ab. Das ist auch

gut so! Mit aufforderndem Blick gibt er ihr einen Striegel in die Hand. Dabei lächelt er sie derart charmant an, dass sie gar nicht anders kann, als auf Merrys rechter Seite mit dem Arbeiten anzufangen. Während er sich die linke vornimmt, behält er sie ganz offen im Auge, und so muss sie einfach immer weitermachen. Am Ende nimmt sie all ihren Mut zusammen und rubbelt mit ihrem Striegel sogar über die kräftige Kruppe der Stute.

Mia, die währenddessen die lange Mähne ihres Lieblingspferdes bürstet, hat dagegen nur Jan im Blick. Erst als Leonie zurückschreckt, weil Merry ungeduldig mit einem Vorderhuf scharrt, wendet meine Freundin ihre Aufmerksamkeit wieder ihr zu.

»Das ist echt kein Problem«, erklärt sie geduldig. »Merry macht das ganz oft und dabei hat sie noch nie jemandem etwas getan.«

»Schau mal, ich hab doch auch nicht aufgehört zu putzen«, pflichtet ihr Jan bei.

Leonie atmet tief durch, fasst den Striegel fester und macht tatsächlich weiter.

Wenn Jan und Mia öfter so zusammenhalten, können sie bei Leonie mit Sicherheit etwas erreichen, freue ich mich und greife zur Bürste, um den Staub von Samanthas Fell zu entfernen. Gleichzeitig versuche ich, das merkwürdig ungute Gefühl zu verdrängen, das mich wegen Jans charmantem Benehmen gegenüber Leonie beschlichen hat.

Er will ihr doch nur helfen, beruhige ich mich. Und was er tut, ist absolut richtig.

Aber es hilft nichts. Immer wieder muss ich zu ihm hinüberschauen.

Dann stehen endlich alle Pferde gesattelt und aufgetrenst

auf dem Hof. Vera inspiziert sie noch einmal gründlich und fragt laut: »Trägt jeder seine Reitkappe …? Gut. Zieht den Sattelgurt noch einmal nach und steigt auf. Es geht los!«

Das lassen wir uns nicht zweimal sagen.

Ich bin so aufgeregt, dass ich nur mit Mühe aufs Pferd komme. Kein Wunder, eigentlich. Denn dieser Wanderritt wird mit Sicherheit das schönste und spannendste Erlebnis, das ich jemals gehabt habe!

Gestern hat uns Vera die Route schon auf der Karte gezeigt. Am ersten Tag geht's von Gessenhausen bis zum südlichen Ende des Waginger Sees. Danach wollen wir noch ein paar Kilometer weiter bis zum Ort Schönram reiten, wo wir übernachten werden.

Also ziehen wir auf der »Straße ohne Namen« Richtung See. Vera und Leonie bilden die Spitze, begleitet von Wuschel. Hinter ihnen folgt Jan, zu dem sich ausgerechnet Mia gesellt hat, als wäre es das Selbstverständlichste von der Welt. Und am Schluss kommen Philipp und ich. Auf Mia bin ich ziemlich sauer. Immerhin ist sie meine beste Freundin! Trotzdem hat sie kein Wort dazu gesagt, dass sie vorhat, sich neben Jan einzuordnen. Das ist ja wohl absolut nicht in Ordnung!

Ich bin mir ziemlich sicher, dass auch Philipp wütend auf Mia ist. Eine halbe Ewigkeit redet er kein Wort, was für sich alleine genommen nichts Besonderes wäre. Dass er die ganze Zeit über mit gerunzelter Stirn und verkniffenen Lippen vor sich hin reitet, spricht allerdings Bände. Aber ich kann ihn gut verstehen. Die beiden kennen sich doch schon so lange, und mit Sicherheit hat auch er fest damit gerechnet, dass Mia wenigstens ein Stück neben ihm reitet. Aber da hat er sich geschnitten.

Um ehrlich zu sein, wurmt es mich auch, dass ich mich nicht auch mal neben Jan pfuschen kann. Das hatte ich nämlich eigentlich vor, zumindest immer wieder für einige Zeit. Aber ich hab absolut keine Chance, denn während wir über einsame Feldwege, durch Wiesen und kleine Wälder reiten, klebt und klebt Mia die ganze Zeit an seiner Seite. So ein Mist!

Trotzdem kann ich mich dem entspannenden Rhythmus der wiegenden Pferdeschritte allmählich nicht mehr entziehen und mein Ärger lässt ein bisschen nach. Jetzt erst registriere ich, dass die Sonne vom Himmel strahlt, als wolle sie sich für unseren Wanderritt extra viel Mühe geben. Nach einiger Zeit sehe ich ein Rudel Rehe am Waldrand, das uns neugierig beäugt. Dann kommen wir an einer Stelle vorbei, an der das Flüsschen, das neben unserem Weg fließt, einen kleinen Wasserfall bildet. Und irgendwann schwebt über uns ein großer Raubvogel. Es sieht fast so aus, als würde er uns beobachten.

Als wir in einem Dorf namens Kirchanschöring im Gasthaus Rothlerwirt Mittagspause machen, hab ich deutlich bessere Laune. Vera hat uns bei den Besitzern angekündigt, sodass sie uns schon erwarten. Wir haben unseren Pferden vor dem Losreiten die Halfter unter den Kopfstücken angelassen. Daran sind Stricke befestigt, die wir ihnen um den Hals geschlungen und festgeknotet haben. Darum brauchen wir ihnen jetzt nur ihre Trensen auszuziehen. Dann können wir sie einfach an den leicht verrosteten, aber massiven eisernen Ringen festbinden, die bestimmt schon seit ewigen Zeiten in der dicken Mauer des alten Gasthauses stecken. Wir geben ihnen aus ein paar Eimern reichlich zu trinken. Dann bekommt jede Stute eine große Portion Heu, das ein Bauer aus der Nachbarschaft für uns herangeschafft hat. Wuschel kriegt einen Napf voller Hundefutter und eine Schüssel Wasser.

Für uns gibt es gebratene Hähnchen, Salat und Pommes mit Ketchup. Wir haben richtig Hunger, außerdem schütten wir literweise Sprudelwasser und Apfelsaftschorle in uns hinein. Und zum Nachtisch bekommen wir sogar noch ein großes Eis.

Während wir futtern, erzählt uns der Wirt ein bisschen über Kirchanschöring und seine Umgebung, zum Beispiel, dass der Ort schon über 1.200 Jahre alt ist, dass es hier eine Firma für Schuhe und Trachtenmode gibt und dass im Nachbarort Lampoding sogar mal ein richtiges Schloss gestanden hat.

Nach dem Essen hockt sich Leonie neben Fanny auf einen großen Stein. Mia sitzt mit nackten Füßen im Wasser am Ufer des Flüsschens. Und Jan hat sich mit dem Wirt, seiner Frau und mehreren Nachbarn in die Gaststube verzogen, weil die Leute unbedingt möglichst viel über seinen Vater und die Dreharbeiten von *Die Bergpolizei* wissen wollen. Der Junge hat's echt nicht leicht ...

Philipp und ich dagegen liegen im Schatten einer hohen Linde. Um uns herum blühen jede Menge Blumen und schön warm ist es auch.

Was will man eigentlich mehr?, denke ich und versuche, meinen Ärger endgültig zu vergessen. Lieber höre ich den zirpenden Grillen zu und beobachte die Schmetterlinge.

Wir haben ein bisschen vor uns hin gedöst, als ich registriere, dass Mia sich zwischen uns niederlässt.

»Na, hat's dir denn auch Spaß gemacht, neben Jan zu reiten?«, fragt Philipp, der immer noch grauenhaft schlechte Laune hat.

»Ging so.« Meine Freundin klingt enttäuscht. »Er hat ja kaum mit mir gesprochen.«

He, das ist mir ja gar nicht aufgefallen!

»Aber der Ritt hat trotzdem viel Spaß gemacht«, fährt sie fort. »Habt ihr die Rehe gesehen?«

»Hm«, macht Philipp.

»Allerdings hab ich null Ahnung, wo Jan jetzt steckt«, meint sie. »Ich hab ihn die ganze Zeit über nicht gesehen, obwohl ich das Gasthaus ganz gut im Blick hatte.«

»Er erzählt den Wirtsleuten von seinem Superpapi«, knurrt Philipp.

»Aha. Na dann ...« Sie gähnt, dann reckt sie sich. »Am liebsten würde ich jetzt glatt ein bisschen schlafen.«

»Mach doch«, schlage ich vor. »Vera wird dich schon wecken, wenn's Zeit ist.«

Ich bin mir nicht so sicher, ob sie das noch hört.

Was ist denn das? Stupst mich da jemand mit seiner Stiefelspitze an?

»Wach werden, ihr Faultiere!«, fordert uns eine männliche Stimme auf.

Neben mir dreht Mia sich zur Seite. »Schon gut, Papa. Noch fünf Minuten, dann steh ich auf, okay?«

Als ich über uns leises Kichern höre, öffne ich zögernd die Augen.

Da steht Leonie und neben ihr sehe ich den breit grinsenden Jan.

Mia blinzelt. »Wo bin ich eigentlich?«

»In Kirchanschöring, auf dem Wanderritt«, klärt Jan sie auf. »Wir wollen weiter. Vera wird schon ungeduldig.«

»Jaaa doch.« Mühevoll setzt meine Freundin sich auf. Dabei fällt ihr Blick auf Philipp, der leise schnarchend neben ihr liegt.

»Fragt sich nur, was machen wir jetzt mit ihm?«, überlegt Jan. »Eben hab ich versucht, ihn zu wecken, aber da hat er mich derart angefahren … Dabei war er nicht mal richtig wach.«

Vielleicht liegt das daran, dass er grundsätzlich nicht besonders gut auf dich zu sprechen ist, denke ich.

»Ich wüsste da 'ne Methode«, grinst Mia. Sie beugt sich über Philipp und kitzelt ihn mit beiden Händen an den Rippen.

»Iiih!!!« Erschrocken fährt er hoch. »Hör auf, du schrecklich alte Zecke!«

Tatsächlich lässt sie ihn los, aber sie droht: »Wenn du nicht sofort aufstehst, fange ich gleich wieder an.«

Er wirft ihr einen genervten Blick zu, hievt sich aber schwerfällig auf die Füße.

Auch Mia und ich stehen auf. Als wir zum Gasthaus gehen, flüstert Jan meiner besten Freundin leise zu: »Das hast du echt gut gemacht.«

»Ich kenne ihn ja auch schon seit einer Ewigkeit«, antwortet sie achselzuckend.

Da ruft Vera von Weitem: »Philipp, nun krieg mal die Kurve! Steh auf und mach den anderen Schlafmützen Beine! Wenn wir nicht bald losreiten, wird's heute Abend zu spät!«

Mia schließt zu Philipp auf und grinst ihn an. »Siehst du, in Wirklichkeit hab ich dich gerettet.«

»Ach, wirklich?« Lachend stupst er ihr mit dem Ellenbogen in die Seite. »Es macht dir doch richtig Spaß, mich zu ärgern.«

Am Gasthaus warten sechs ausgeruhte und unternehmungslustige Pferde auf uns. Almrose wiehert uns zu, Merry scharrt mal wieder ungeduldig mit dem Vorderhuf, Weidenkätzchen zerrt am Strick, und spätestens als Samantha mir auffordernd ihre weichen Nüstern gegen den Arm drückt, werde ich wieder richtig wach.

Es dauert noch einige Zeit, bis wir das südliche Ende des Waginger Sees erreicht haben. Dann geht es an einem Flüsschen entlang und wir umrunden ein Dorf mit dem merkwürdigen Namen Petting. Der Waginger See verschwindet nun endgültig aus unserem Blickfeld.

»Auf nach Schönram!«, erklärt Mia fröhlich.

»Da soll's doch eine Brauerei geben. Vielleicht spendiert man uns dort ja ein Bier«, hofft Jan. »Ich hab nämlich jetzt schon ziemlich großen Durst und die Wasserflasche von Oma Leitmayr ist ausgetrunken.«

»Eine Cola oder eine Apfelschorle wären auch nicht schlecht«, meine ich.

»Bitte eine große!«, ruft uns Leonie von vorne zu.

»Es ist gar nicht mehr so weit«, tröstet uns Vera.

Ich werde auch langsam müde, allmählich tut mir sogar der Hintern weh. Dabei sind wir doch den ganzen Tag nur Schritt geritten. Hab ich heute Morgen wirklich geglaubt, dass ich mit diesem Ritt spielend fertig würde?

Die Strecke nach Schönram scheint immer länger statt kürzer zu werden. Als wir in der Ferne endlich die ersten Häuser erkennen, bin ich schlicht und ergreifend fix und fertig. Trotzdem müssen wir noch ein Weilchen durchhalten, denn es gilt, den Hof vom Bauern Hallhuber zu finden, wo wir heute übernachten werden. Als wir an dem großen Bauernhaus angekommen sind, heißt es: Pferde absatteln, ihnen das verschwitzte Fell abwaschen, die Hufe auskratzen und sie dann noch tränken und füttern. Zum Glück bringt uns Frau Hallhuber zwischendurch ein paar Flaschen Wasser heraus.

Als wir mit der Arbeit fertig sind, dürfen wir im Bauernhaus duschen. Danach bringen wir die Pferde auf die große Weide, auf der sie übernachten werden. Aber dann erwartet uns eine Überraschung: Vera führt uns in den Garten hinter dem Bauernhof und dort lodert ein großes Lagerfeuer.

»Mannomann«, murmelt Jan beeindruckt.

»Kann man wohl sagen«, stimmt ihm Leonie zu.

Wir sitzen um das Feuer, braten Würstchen an langen Stöcken und essen dazu Brot, Kartoffelsalat und die ersten Zwetschgen des Jahres aus dem Garten der Hallhubers. Über den Alpen färbt sich der Himmel zuerst rosa, dann feuerrrot. Und die prasselnden, knackenden Flammen des langsam niederbrennenden Feuers wärmen die kühler werdende Luft.

Es ist schon fast dunkel, als Leonie erklärt: »So einen schönen Abend hab ich schon lange nicht mehr erlebt.«

Jan nickt. »Das hier werde ich nie vergessen. Danke, Vera!«

Wir anderen nicken. Vera lächelt erfreut. »Mir gefällt's auch. Und der Ritt ist heute viel reibungsloser gelaufen, als ich gedacht hatte.«

Als wir todmüde in die Scheune schleichen, ist es ziemlich spät. Ich kuschele mich in meine Decke, lege meinen

Arm um Wuschel, der es sich direkt neben mir gemütlich gemacht hat, und atme tief den Duft meines weichen Heulagers ein. Das Letzte, was ich höre, ist, dass Vera uns leise eine gute Nacht wünscht.

»Guat'n Morg'n, Kinder! 's ist Zeit!«

»Schon?«, murmele ich und wälze mich von einer Seite auf die andere. Dabei stoße ich an Mia, die etwas grummelt, das sich verdächtig nach »Lass mich in Ruhe!« anhört.

»Hallooo!!! Aufsteeeh'n!!!« Frau Hallhuber kennt echt keine Gnade. Dabei hätte ich noch stundenlang weiterschlafen können. Jetzt stupst mir auch noch Wuschel mit seiner feuchten Schnauze gegen die Wange ...

»Leute, wir müssen wirklich aufstehen«, murmelt Jan, der gerade auf sein Handy geschaut hat.

»Echt?«, brummt Philipp.

»Der Bub hat recht«, unterstreicht die Bauersfrau energisch, »'s is scho halbe achte.«

Erschrocken fährt er hoch. »Du meine Güte, wir müssen die Pferde füttern!«

»Des hat die Vera längst g'macht«, erklärt Frau Hallhuber gelassen. »Trotzdem, s' hilft alles nix. Des Frühstück is fertig. Und ihr wollt's heut noch a lange Streck'n reiten. Also: marsch, marsch!«

»Ist ja gut«, seufze ich und stehe auf.

Zwei Stunden später ziehen wir los, auf der anderen Seite der Landstraße zurück in Richtung Waginger See. Eben hab ich mich tierisch mit dem Putzen und Satteln beeilt, damit ich endlich auch mal neben Jan reiten kann. Aber das war zwecklos, denn in einer blitzschnellen Aktion hat Mia es wieder geschafft, sich neben ihn zu pfuschen. Jetzt quatscht sie ihm die ganze Zeit die Ohren voll und dabei verschlingt sie ihn regelrecht mit den Augen. Manchmal kichert sie so blöde, dass sie klingt, als wäre sie ein gackerndes Huhn. Voll peinlich!

Ich bin stinksauer und total frustriert und ich frage mich die ganze Zeit, ob sie Jan mit ihrem Getue nicht auf die Nerven geht.

Vorsichtig beobachte ihn aus den Augenwinkeln, aber er ist sehr freundlich und lässt sich nichts anmerken. Doch das muss absolut nichts heißen.

Weil Leonie aus Sicherheitsgründen immer neben Vera reiten soll, bin ich noch mal neben Philipp gelandet. Der sagt wie immer kein Wort. Aber das ist mir ganz recht, denn in mir brodelt derart der Ärger, dass ich eh keine Lust zum Reden habe. Es ist so schlimm, dass ich Mühe habe, die schöne Landschaft und die vielen wilden Tiere überhaupt zu bemerken. Und das macht mich ehrlich gesagt noch wütender.

Was bin ich doch für ein Idiot! Wie konnte ich denn nur jemals glauben, dass Mia meine beste Freundin wäre? Irgendwas kann da ja wohl nicht stimmen, denn kaum hat sie sich ein bisschen in einen Jungen verknallt, bin ich Nebensache. Sie tut fast so, als wäre ich gar nicht mehr vorhanden. Trotzdem denkt sie mit Sicherheit, dass wir uns wieder bestens vertragen, wenn Jan am kommenden Samstag abgereist ist ...

Oh Mann, ist er wirklich nur noch ein paar Tage auf dem Hof Glückstal? Der Gedanke gibt mir einen heftigen Stich und prompt steigert sich mein Gefühlschaos ins Unerträgliche. Am liebsten würde ich jetzt losheulen vor lauter Kummer und Wut. Schnell wische ich mir übers Gesicht, weil mir tatsächlich ein paar Tränen in die Augen gestiegen sind. Dann werfe ich Philipp einen prüfenden Blick zu.

Puh! Entwarnung! Er hat offenbar nicht bemerkt, was mit mir los ist. Tief in Gedanken versunken reitet er vor sich hin und versucht nicht mal, sich in Mias blödes Geschwätz einzumischen.

Während ich mit meiner Verzweiflung kämpfe, führt unser Weg an einem gewundenen, von Büschen und Bäumen gesäumten Flüsschen vorbei. Darin schwimmen jede Menge Fische. Einmal sehe ich, dass einer wie ein silberner Blitz in die Luft springt, um danach fast geräuschlos wieder im Wasser zu landen. In dem Moment gelingt es mir sogar, mich ein bisschen darüber zu freuen. Und das hilft mir, meine Gefühle wieder halbwegs in den Griff zu bekommen.

Allmählich wird mir allerdings bewusst, dass mir das Reiten heute ein wenig schwerer fällt als gestern. Ich hab nämlich ziemlich Muskelkater. Außerdem ist es unangenehm schwül.

»Meinst du, es gibt ein Gewitter?«, frage ich Vera, als wir eine kurze Pause machen.

Inzwischen kenne ich die Wetterlage in dieser Gegend schon ganz gut: Im Sommer staut sich die feuchte Luft an den Bergen und irgendwann kracht es derart heftig, dass einem angst und bange werden kann.

»Heute Morgen hab ich auf der Wetter-App in meinem Handy nachgeschaut. Aber da war nicht von einem Unwetter die Rede«, antwortet sie. »Trotzdem würde ich meine Hand nicht dafür ins Feuer legen.«

»Ich auch nicht«, pflichtet ihr Philipp bei, der auf einem Baumstumpf hockt, mit der rechten Hand Atlantas Zügel festhält und mit der linken Wuschel krault.

Jan, der mit Almrose bei uns steht, warnt uns: »Sagt bloß Leonie nichts davon, sonst fürchtet sie sich noch halb zu Tode.«

Weil ich sichergehen will, dass sie von unserem Gespräch nichts gehört hat, schaue ich mich nach ihr um.

Okay, kein Problem. Sie hat sich ein paar Meter von uns entfernt an einen Baum gelehnt. Gedankenverloren streichelt sie Fannys Hals und hat mit Sicherheit nichts mitgekriegt.

Ich hab selber ein bisschen Angst. Wie können die anderen nur so cool bleiben? Sind sie die Unwetter, die hier regelmäßig runterkommen, etwa so sehr gewohnt, dass sie ihnen kaum noch was ausmachen?

Ich jedenfalls hab beim letzten Gewitter gedacht, die Welt würde untergehen. Wenn man sich in so einem Inferno unter freiem Himmel befindet, dann ...

Jetzt wird mir richtig mulmig.

Sollten wir nicht doch besser irgendwo Schutz suchen? Fragt sich nur, wo? Hier stehen zwar überall hölzerne Heustadl auf den Wiesen, aber die sind viel zu klein für uns alle. Und wenn wir im nächsten Dorf bei einem wildfremden Bauern aufkreuzen, um ihn bei strahlend blauem Himmel und guter Wettervorhersage um Schutz vor »dem Unwetter« zu bitten, fragt der sich bestimmt, ob wir noch ganz dicht sind.

Ich atme tief durch, stehe auf und ziehe Samanthas Sattelgurt wieder fest.

Na gut, ich wohne noch nicht so lange hier. Darum kann ich vieles noch gar nicht richtig einschätzen. Besser, ich bleibe entspannt und verlasse mich auf das, was Vera und Philipp meinen.

Wir steigen wieder auf und biegen auf einen Weg ab, der zu einem kleinen Ort namens Ringham führen soll. Es geht an einem einsam gelegenen Gasthof vorbei und durch ein lang gezogenes, schattiges Wäldchen. Als wir die letzten Bäume hinter uns lassen, können wir nicht allzu weit entfernt ein paar große Bauernhöfe erkennen.

»Ist das Ringham?«, frage ich Philipp, damit der endlich auch mal was sagt.

Er nickt nur.

Wenigstens zeigt er noch körperliche Reaktionen.

»Das Kaff ist nicht größer als Gessenhausen. Ob wir da wirklich was zu essen kriegen?«, mosert Mia.

Vera dreht sich zu ihr um. »Warte einfach mal ab! Du wirst dich wundern.«

»Jaja, die liebe Mia. Wie immer total verfressen«, rutscht es mir heraus.

Sie fährt zu mir herum, als hätte ich mit einer spitzen Nadel in ihr Hinterteil gestochen. Ihr Gesicht ist knallrot – vielleicht sind ihr meine Worte peinlich, möglicherweise ist ihr aber auch nur zu heiß. »Nun tu doch nicht so, als hättest du keinen Hunger«, schnauzt sie mich an. »Wir sind ja wirklich schon lange genug unterwegs.«

»He, jetzt streitet euch mal nicht«, beschwichtigt uns Leonie. »Mir knurrt doch auch der Magen.«

»Und mir erst«, fügt Jan hinzu.

»Da siehst du's«, blafft Mia mich an.

»Aber wir anderen können uns wenigstens zusammennehmen«, kontere ich. »Die Lady vor mir dagegen schafft das natürlich nicht.«

Jetzt weiß sie nicht mehr, was sie sagen soll.

Ha! Sieg auf der ganzen Linie!

Während wir dem kleinen Ort immer näher kommen, recke ich mich öfter neugierig im Sattel. Aber ich kann nirgendwo ein Gasthaus erkennen.

»Vielleicht muss die arme Mia heute ja Blech essen«, zische ich ihr von hinten zu, als wir Ringahm wieder verlassen. »Das Autohaus dahinten ist nämlich das einzig Ungewöhnliche, was ich sehe.«

»Halt endlich den Rand. Du gehst mir tierisch auf die Nerven«, knurrt Philipp.

Aha, da hat jemand seine Stimme wiedergefunden. Ich schneide ihm eine Grimasse.

»Dass so ein winziges Dorf einen Autohändler hat, ist schon witzig«, wundert sich Jan. »Dem Inhaber scheint es sogar ganz gut zu gehen, denn der Betrieb sieht ziemlich groß aus. Aber es gibt da leider nichts zu essen.«

Im nächsten Moment knurrt Mias Magen so laut, dass wir es alle hören können.

Ha, das ist ihr bestimmt tierisch peinlich!

Philipp wirft mir einen drohenden Seitenblick zu, der eindeutig sagen soll: »Jetzt bloß nicht noch so ein blöder Kommentar!«

Wir haben eine recht breite, geteerte Straße erreicht. Vera überquert sie und reitet auf ein großes, gelb gestrichenes Haus zu. Und dahinter ...

»Ist das etwa ein Schloss?« Ich stelle mich in die Steigbügel, um besser sehen zu können.

Wieder schaut sich Vera nach uns um. »Aber ja. Sogar eines mit einer besonderen Geschichte. Aber die erzähle ich euch, wenn wir angekommen sind. Das gelbe Haus ist nämlich ein Gasthof und dort werden wir essen.«

»Na prima«, murmelt Jan.

Je näher wir dem Haus kommen, umso besser riecht es. Auch Wuschel hebt immer wieder schnüffelnd den Kopf.

»Hmm. Ich glaube, es gibt Schweinbraten«, vermutet Leonie glücklich.

»Hoffentlich mit Knödeln und ganz viel Soße«, freut sich Jan.

»Na klar. Und mit Schokoladenpudding als Nachtisch«, klärt uns Vera auf. »So hab ich's jedenfalls bestellt.«

Mir läuft das Wasser im Mund zusammen.

Bevor wir essen können, müssen wir aber erst mal die Pferde versorgen. Diesmal können wir sie im Schatten einiger Bäume an einem langen Holzzaun anbinden. Nach dem Absatteln, Tränken und Füttern geht's endlich an den großen Holztisch, den der Wirt unter freiem Himmel für uns gedeckt hat. Erfreulicherweise stehen dort auch mehrere Flaschen mit Saft und Sprudelwasser. Und zu meiner großen Überraschung schaffe ich es sogar, einen Platz direkt neben Jan zu erwischen. Das liegt aber bestimmt auch daran, dass Mia alles tut, um möglichst weit von mir entfernt zu sitzen.

»Puh!« Leonie, die sich links neben mir niedergelassen hat, wischt sich den Schweiß von der Stirn und trinkt ihr Glas in einem Zug leer.

»Was ist denn nun so besonders an dem Schloss?«, fragt Mia vom anderen Ende des Tisches. »Du wolltest uns doch mehr davon erzählen, Vera.«

Ich werfe einen neugierigen Blick auf das große, viereckige, weiß getünchte Gebäude mit den kleinen, runden Fenstern im Obergeschoss und dem zierlichen Türmchen auf dem Dach. Was für eine Geschichte mag sich hinter diesen dicken Mauern verbergen?

Unsere Reitlehrerin lächelt. »Das Seehaus ist schon über siebenhundert Jahre alt. Ursprünglich war es eine Zollstation, später wurde dort auch Gericht gehalten. Um das Jahr 1600 gehörte es dem damaligen Erzbischof von Salzburg, Wolf Dietrich von Raitenau. Der hat es seiner Geliebten Salome Alt geschenkt.«

»Er hatte eine Geliebte? Der Erzbischof? Na, da schau her«, wundert sich Leonie.

»So war das«, versichert Vera. »Die beiden müssen sich sogar sehr geliebt haben. Mehr als 22 Jahre blieben sie zusammen, so lange, bis Wolf Dietrich von seinen Feinden gefangen genommen wurde. Danach haben sie sich nie wieder gesehen. Salome hat ihr Leben lang Trauer getragen, nachdem ihr Geliebter im Gefängnis gestorben war.«

»Wie traurig«, seufzt Leonie.

»Jaja, die Liebe«, meint Vera. »Angeblich ist sie ja eine Himmelsmacht. Aber manchmal hab ich arge Zweifel, ob das stimmt.«

Irre ich mich oder wirft sie dabei Mia und mir einen ironischen Blick zu?

»Jetzt möchte ich euch etwas zeigen«, kündigt Vera an, als wir genüsslich die letzten Löffel Pudding verdrückt haben.

Wir stehen auf, um ihr und dem schwanzwedelnden Wuschel zu folgen.

»Kriegen wir ein Bild von der Geliebten des Bischofs zu sehen?«, fragt Leonie verträumt. »Bestimmt war sie wunderschön.«

»Sie soll die schönste Frau von ganz Salzburg gewesen sein«, bestätigt unsere Reitlehrerin.

»Fragt sich nur, warum die Wirtsfrau dann Vera diese große Tasche neben den Stuhl gestellt hat«, überlegt Jan leise.

Tatsächlich gehen wir nicht zum Schloss, sondern darum herum. Und dann ...

»Ist das schön!« Vor Begeisterung schlägt Mia die Hände vors Gesicht.

»Aber wie!«, stimmt Jan ihr zu.

»So was Tolles hab ich schon lange nicht mehr gesehen«, bestätigt auch Leonie.

Hinter dem Seehaus, inmitten von hohen Bäumen, liegt nämlich ein kleiner, mit Schilf bewachsener See.

»Das ist der Weidsee. Wenn ihr wollt, könnt ihr jetzt darin baden«, schlägt uns Vera vor.

»Wie bitte?«, fragt Mia überrascht.

Unsere Reitlehrerin hebt mit vielsagendem Blick die große Tasche hoch. »Die Wirtsleute waren so nett, Handtücher und ein paar alte Badeanzüge und Badehosen von ihren Kindern für euch aus dem Schrank zur kramen. Ihr braucht nur noch zuzugreifen.«

Jetzt kann es uns gar nicht schnell genug gehen. Wir wühlen in der Tasche, suchen uns die passenden Sachen heraus, verkriechen uns im Gebüsch, ziehen uns um ... und los geht's! Es fällt uns gar nicht schwer, in den See zu steigen, denn er ist schön warm. Auch Wuschel fasst sich ein Herz, springt mit einem großen Satz hinein und paddelt hinter uns her. Das romantische Schlösschen im Blick, schwimmen wir vom Ufer weg, während wenige Meter entfernt zwei Schwäne über die glitzernde Wasserfläche gleiten. Es macht so viel Spaß, dass ich für den Moment sogar den Ärger wegen Mia und Jan vergesse.

Hätte ich doch nur geahnt, was für tolle Sachen ich hier erlebe! Dann wäre mir der Abschied von meiner alten Heimat nicht halb so schwer gefallen, denke ich begeistert.

Dann drehe ich mich auf den Rücken, lasse mich auf der Wasseroberfläche treiben und schaue in den blauen Himmel.

»Schon so spät?«, wundert sich Jan.

Tatsächlich. Ein kurzer Blick auf mein Handy beweist, dass wir fast eine Stunde lang im See gewesen sind. Nun hat Vera uns aber doch aus dem Wasser geholt, immerhin müssen wir heute noch eine längere Strecke reiten.

»Würdet ihr jetzt bitte schnell machen?«, drängelt sie uns.

Wir tun, was wir können, und schon eine halbe Stunde später sitzen wir auf unseren ausgeruhten Pferden.

Für einige Zeit geht es auf einem schmalen Grasweg durch die Wiesen und auf einen hohen, bewaldeten Hügel zu. Doch als wir Ringham weit hinter uns gelassen haben und der Wald dicht vor uns liegt, fällt mir auf, dass Vera immer wieder lange Blicke auf die Berge wirft.

»Was hat sie denn?«, frage ich Philipp besorgt.

Er zieht die Augenbrauen hoch. »Mir gefällt der Himmel auch nicht.«

Ich schaue nach oben, dann inspiziere ich die Alpen in der Ferne. »Sieht doch alles ganz gut aus. Okay, da sind ein paar Wolken mehr am Himmel. Aber trotzdem ...«

»Ach, ihr Zugereisten«, brummt er kopfschüttelnd.

Mia dreht sich zu uns um und behauptet mit betont gönnerhafter Stimme: »Ist doch klar, dass die arme Hanna für so was noch kein Auge hat. Dabei müsste doch jeder Blinde sehen, dass sich da oben ein saftiges Unwetter zusammenbraut.«

Ich schnappe nach Luft. »Du bist voll gemein!«, schimpfe ich nach der ersten Schrecksekunde. »Ich kenne mich hier halt noch nicht richtig aus. Was ist daran denn so schlimm? Dir würde es mit Sicherheit nicht anders gehen, wenn du an meiner Stelle wärest.«

Mit flammenden Blicken fixiert sie mich. »Glaubst du das wirklich? Also, ich finde: Doofheit ist immer schlimm.«

So eine bodenlose Unverschämtheit! Wie kommt sie nur darauf, mich derart zu dissen?

»Von wegen doof!«, kontere ich. »In ein, zwei Jahren weiß ich so was auch, da kannst du dich aber so was von drauf verlassen.«

»Das werden wir ja sehen«, meint sie.

Ich koche vor Wut.

»Nun kommt mal wieder runter. Besser, wir konzentrieren uns auf unseren Weg, als hirnlos zu streiten«, sagt Vera in einem Ton, der keinen Widerspruch duldet.

»Richtig«, unterstützt Philipp sie. »Wir müssen jetzt nämlich schnell machen, damit wir so bald wie möglich den nächsten Bauernhof erreichen. Und dafür müssen wir noch durch den Wald.«

»Oh nein!«, jammert Leonie. »Ist es wirklich so schlimm?«

Vera zuckt die Achseln. »Noch nicht. Aber man weiß nicht, wie sich das Wetter entwickelt. Gut sieht's jedenfalls nicht aus.«

Auch mir wird ein bisschen mulmig, darum gebe ich jetzt wirklich Ruhe.

Das mit dem »schnell machen« wird allerdings schwierig, denn nun müssen die Pferde den steilen Hügel hinaufklettern. Dabei dürfen wir sie auf gar keinen Fall hetzen, schon gar nicht die tragenden Stuten.

Dumm nur, dass es die ganze Zeit durch diesen dichten Wald geht!

Zwischen den Bäumen ist die Luft geradezu unterträglich schwül. Außerdem dringen nur wenige Lichtstrahlen durch die Blätter und Äste. Den Himmel kann man von hier aus kaum sehen.

Irre ich mich oder wird es tatsächlich immer dunkler? Ich traue mich nicht, die anderen danach zu fragen, denn ich will ihnen keine Angst machen.

Auch Vera sagt die ganze Zeit über nichts mehr zu unserer Lage, aber sie wird immer unruhiger. Wieder und wieder schaut sie mit gerunzelter Stirn nach oben. Und dann ...

Erschrocken zucke ich zusammen, als es in der Ferne bedrohlich grollt.

Wuschel fiept ängstlich und klemmt seinen langen Schwanz zwischen die Hinterbeine.

Reg dich nicht auf! Das war bestimmt kein Donner, sondern ein Flugzeug, versuche ich mich zu beruhigen.

Aber Mia sieht sich mit aufgerissenen Augen um und Philipp nickt ihr mit ernstem Gesicht zu. Da weiß ich, dass ich mich doch nicht getäuscht habe.

»Wir sind bald aus dem Wald heraus«, erklärt Vera. »Das ist auch gut so, denn in die hohen Bäume um uns herum schlägt der Blitz besonders schnell ein.«

Es wäre grob untertrieben, meine Stimmung jetzt noch mit »mulmig« zu bezeichnen. Ich habe schlicht und ergreifend Angst! Erst recht, weil nun immer wieder Windstöße rauschend durch die Äste fahren.

Offenbar geht es Wuschel auch nicht besser. Er drängt

sich an Weidenkätzchen und fast sieht es so aus, als würde er sich am liebsten zwischen ihren Beinen verstecken.

Ich werfe einen Blick über Mias Schulter auf Leonie, weil die schon sehr lange nichts mehr gesagt hat.

Auffällig steif sitzt sie im Sattel, bestimmt nimmt sie sich mächtig zusammen, um nicht in Panik auszubrechen. Das macht sie gut! Dass sie die Nerven verliert, können wir jetzt nämlich wirklich nicht brauchen.

Unser Pfad wird allmählich breiter und wir kommen dem Waldrand immer näher. Aber es wird kaum heller. Das kann nur eines bedeuten: Der Himmel hängt voller dunkler Wolken, das Gewitter muss schon ganz nahe sein!

Als wir den Wald verlassen, sehe ich, dass der Himmel eine bedrohlich eisengraue Farbe angenommen hat. Dann fährt ein heftiger Wind durch unsere Haare und in die Mähnen der Pferde, pfeifend jagt er durch die Sträucher und treibt abgerissene Gräser und kleine Äste über den Weg.

Jetzt werden auch die Pferde unruhig. Sogar meine brave Samantha wirft nervös den Kopf.

Plötzlich zuckt ein greller Blitz über den Himmel, nur Sekunden später kracht der Donner.

Wuschel duckt sich erschrocken.

Vera dreht sich auf ihrer tänzelnden Stute zu uns um. Sie muss rufen, um sich verständlich zu machen. »Besser, wir steigen jetzt ab!«

Dann wendet sie sich Leonie zu. Ich glaube, sie fragt, ob sie ihr Fanny abnehmen soll. Doch Leonie schüttelt tapfer den Kopf.

Wir gleiten aus den Sätteln und kämpfen uns zu Fuß durch den Wind, der immer mehr zum Sturm wird.

Es blitzt noch einmal. Fast gleichzeitig donnert es.

»Ist es noch weit?«, brüllt Mia.

»Ein, zwei Kilometer vielleicht«, antwortet Vera genauso laut.

Das schaffen wir nicht!, schießt es mir durch den Kopf.

Aber ich beiße die Zähne zusammen. Jetzt nur nicht durchdrehen! Sonst bringe ich uns alle nur noch mehr in Gefahr.

Da!

Wieder zuckt ein Blitz, der Donner kracht so laut, dass der Himmel zu beben scheint – und neben uns steht ein Busch in Flammen! Ein derartiger Windstoß packt mich, dass ich mich am Hals meines Pferdes festklammere. Samantha macht einen Riesensatz und reißt mich mit, dann befinde ich mich mitten in einem Chaos aus scheuenden und steigenden Pferden, austretenden Hufen und wehenden Schweifen. Etwas trifft mich hart am rechten Unterschenkel, aber ich spüre keinen Schmerz. Verzweifelt versuche ich, mich mit meinen schweißnassen Händen an den Zügeln und in der Mähne der bockenden Samantha festzuhalten.

Wie lange es dauert, bis sie ruhiger wird, weiß ich nicht. Als ich endlich wieder einen klaren Gedanken fassen kann, ist wieder etwas Ordnung in das Durcheinander um mich herum eingekehrt. Erst jetzt registriere ich, dass ein Wolkenbruch auf uns niedergeht. Die schweren Regentropfen haben sogar die brennenden Zweige vor uns fast gelöscht. Ich bin nass bis auf die Haut.

Links neben mir redet Mia der zitternden Merry beruhigend zu. Hinter uns liegt Philipp mit zerrissener Reithose am Boden, aber er hält Atlantas Zügel fest umklammert. Jan steht an meiner rechten Seite und streichelt der schnaufenden Almrose über die aufgerissenen Nüstern. Hinter ihm drückt sich der triefende Wuschel schutzsuchend an einen großen Stein. Und vor uns ...

Vor uns hält Vera ihr Pferd am Zügel. Gleichzeitig hilft sie der weinenden Leonie auf die Beine.

»Wo ist Fanny?«

Mir wird erst klar, dass ich diese Worte gerufen habe, als Vera in bemüht ruhigem Ton sagt: »Sie hat sich losgerissen und ist weggelaufen.«

Oh nein, bitte nicht! Wie sollen wir sie denn in dieser Hölle wiederfinden?

Wieder blitzt es, doch es dauert zwei, drei Atemzüge, bis der Donner einsetzt. Wenigstens scheint das Gewitter jetzt ein bisschen weiterzuwandern.

Vera sieht sich um. »Hat jemand von euch sich verletzt?«

Mein rechtes Bein tut ordentlich weh. Aber »verletzt« ist ja wohl was anderes.

»Wenigstens das nicht«, seufzt sie, als sich niemand meldet. Aber dann fällt ihr Blick auf ihren Sohn und sie ruft entsetzt: »Du lieber Himmel, Philipp!«

Ich fahre herum, dann sehe ich es auch: Er ist zwar wieder auf die Beine gekommen, doch er lehnt am Hals seines Pferdes. Sein Gesicht ist sehr blass und Atlantas Zügel sind voller Blut, sogar ihre Mähne ist rot beschmiert.

»Alles gut, alles gut«, erklärt er dennoch. »Die Zügel haben mir nur die Hände aufgerissen. Atlanta kann nichts dafür; sie hat einfach Angst gehabt.«

»Nur« ist gut, registriere ich erschrocken. Das muss doch höllisch wehtun!

»Mia, hältst du bitte mal Weidenkätzchen fest?«, bittet Vera, dann geht sie eilig zu ihrem Sohn.

Noch einmal blitzt es, doch der Donner lässt diesmal noch etwas länger auf sich warten. Er klingt auch leiser als eben noch. Sogar der Regen hat ein wenig nachgelassen. Und weit entfernt, ungefähr dort, wo Salzburg liegen muss, reißen die dunklen Wolken schon wieder ein bisschen auf.

Vera bleibt bei Philipp stehen. Mit ihrer rechten Hand nimmt sie ihm die Zügel ab und mit ihrer linken hebt sie sehr, sehr vorsichtig seine beiden Hände hoch.

Als ich sehe, dass das Blut immer noch von seinen Fingern tropft, muss ich wegschauen.

»Das sind ja richtig tiefe Schnitte«, stellt sie fest. »Damit musst du mit Sicherheit zum Arzt.«

»Aber nicht sofort«, erklärt er bewundernswerter tapfer. »Fanny zu finden, ist jetzt wichtiger.«

Nachdenklich beißt Vera sich auf die Lippen. »Du hast recht«, erklärt sie dann. »Mit Sicherheit kommst du noch eine Zeit lang klar. Aber Fanny ist in großer Gefahr. In dem Waldstück dort vorne, in das sie hineingelaufen ist, liegt nämlich ein Sumpf.«

»Nein!«, schluchzt Leonie. »Ich hätte sie niemals, niemals loslassen dürfen.«

»Du konntest doch gar nichts machen«, widerspricht ihr Vera. »Fanny war dem Feuer am nächsten, darum ist sie am schlimmsten in Panik geraten. Ich hätte sie wahrscheinlich auch nicht halten können. Jetzt müssen wir halt alles tun, um sie wiederzufinden. Mia, Hanna, Jan, ihr steigt auf eure Pferde. Wir reiten zusammen los und suchen sie. Leonie bleibt mit Philipp und Atlanta hier und wartet auf uns.«

Ihr Sohn grummelt etwas vor sich hin, das ein bisschen nach Protest klingt, aber er widerspricht nicht. Bestimmt ist auch ihm klar, dass er mit seinen kaputten Händen nicht reiten kann.

»Nein. Ich komme mit«, sagt Leonie. Dabei sieht sie Vera mit einer Entschlossenheit an, die ich bei ihr noch nie erlebt habe.

Die runzelt erstaunt die Stirn. »Du hast kein Pferd.«

»Ich kann Atlanta nehmen«, erklärt sie.

Hab ich mich jetzt verhört?

Vera macht große Augen. »Bist du … bist du dir wirklich ganz sicher?«

»Absolut«, bestätigt sie. »Fanny darf nichts passieren. Ich will ihr helfen, um jeden Preis.«

Da atmet Vera tief durch. »Gut. Komm her und hole dir Philipps Pferd.«

Tatsächlich, Leonie geht los.

»Ich glaub's nicht«, flüstere ich.

Mit einer Mischung aus Fassungslosigkeit und Bewunderung sehe ich, wie das kleine blonde Mädchen, ohne zu zögern, Atlantas blutige Zügel in die Hand nimmt.

»Alles klar«, stellt Vera fest. »Stelle noch schnell deine Steigbügel auf die richtige Länge ein. Dann steigen wir auf und reiten los.«

Sie geht zurück zu Weidenkätzchen.

Leonie macht sich an den Steigbügeln zu schaffen. Dann atmet sie tief durch … und klettert wirklich in den Sattel.

Wir reiten quer über die Wiesen zum Wald. Vera bildet mit Leonie den Anfang, Mia und ich folgen den beiden, danach kommt Jan. Wuschel, der inzwischen wieder Mut gefasst hat, trabt uns allen voran.

Der Regen ist in ein beständiges Nieseln übergegangen, allmählich wird es auch wieder etwas heller. Wir können

Fannys Spuren gut erkennen, denn in dem nassen, tiefen Boden sind jede Menge Hufabdrücke zu sehen. Bald sind wir an den Bäumen angekommen, aber auch im feuchten Laub vom letzten Jahr lässt sich Fannys Weg problemlos weiterverfolgen.

»Sie ist schnurstracks in Richtung Sumpf gelaufen«, seufzt Vera kopfschüttelnd.

»Bitte nicht!«, jammert Leonie so leise, dass ich es gerade noch verstehen kann.

Immer tiefer führen die Spuren in den Wald hinein. Der Boden wird schlammiger. Manchmal müssen die Pferde richtig kämpfen, um weiterzukommen. Bald schimmern hier und da die ersten verdächtig großen Pfützen.

»Wenn das so weitergeht, müssen wir umkehren«, befürchtet Jan hinter uns.

Mia dreht sich zu ihm um und antwortet leise: »Hier gibt es zwar irgendwo sichere Wege, aber die hat die arme Fanny leider nicht genommen. Hoffentlich geht's ihr gut!«

Dann erreichen wir eine große, mit hohem Gras bewachsene Lichtung. Sie ist voller Wasserlachen, aus denen hier und da die ausgebleichten, abgebrochenen Stämme abgestorbener Bäume ragen.

Das Tal des Todes.

Unwillkürlich schießt mir dieser Gedanke durch den Kopf und ich muss schlucken.

»Da ist sie!« Bei Leonies plötzlichem Aufschrei zucke ich zusammen, doch dann stelle ich mich in die Steigbügel, um besser sehen zu können.

Tatsächlich, nun kann ich Fanny auch sehen. Weit entfernt steht sie am anderen Ende der Lichtung und ruckt immer wieder heftig mit dem Kopf. Sie muss mit ihren Zügeln irgendwo hängen geblieben sein, und nun kämpft sie darum, wieder freizukommen. Jetzt versucht sie sogar zu steigen!

»Fanny!«, ruft Leonie und springt so plötzlich aus dem Sattel, dass Vera nicht schnell genug reagieren kann.

»Halt!«, schreit Jan entsetzt.

»Warte! Der Boden ist tückisch!«, ruft Vera, gleitet aus dem Sattel, packt auch Atlantas Zügel und dreht sich zu uns um. »Mia, Hanna, jede nimmt sich eines von meinen Pferden. Ich laufe hinter Leonie her.«

Schnell steigen wir ab. Dann stehen wir am Rande der Lichtung. Ich halte Atlanta, während Mia sich um Weidenkätzchen kümmert. Angespannt und hilflos sehen wir, wie Leonie mit vorsichtigen, aber eiligen Schritten das gefährliche Gelände durchquert und wie Vera und Wuschel versuchen, sie einzuholen.

»Wie mutig Leonie auf einmal ist«, wundert sich Jan, der mit Almrose neben uns getreten ist.

»Bestimmt hat sie so viel Angst um Fanny, dass sie gar nicht registriert, was ihr hier alles passieren kann«, vermutet Mia.

»Kann sein«, stimmt er ihr zu. »Aber mein Vater sagt manchmal: Der wahre Charakter eines Menschen zeigt sich erst in der Gefahr.«

»Dann hätten wir uns in Leonie aber ganz schön getäuscht«, widerspricht meine Freundin.

Er zuckt die Achseln und starrt weiter über die Lichtung auf die beiden Menschen, die nun schon so weit von uns entfernt sind.

Und dann ...

»Leonie ist angekommen«, flüstere ich atemlos.

Wirklich. Mit langsamen Schritten nähert sich die kleine Gestalt dem verängstigten Pferd. Dann streckt sie ihre Hand nach ihm aus. Ich bin mir fast sicher, dass sie Fanny liebevoll zuredet, als sie die straff gespannten Zügel ergreift und versucht, die Stute zu sich hinzuziehen.

Es dauert eine Weile, aber dann scheint Fanny tatsächlich ruhiger zu werden. Schließlich geht sie sogar einen Schritt auf Leonie zu.

Inzwischen ist Vera mit Wuschel bei den beiden angekommen. Aber sie lässt die beiden in Ruhe.

Leonie bückt sich und fingert an etwas herum, das sich wohl ungefähr auf der Höhe ihrer Füße befindet.

»Sie muss es schaffen«, haucht Jan.

Es scheint unendlich lange zu dauern, dann werden Fannys Zügel plötzlich schlaff. Leonie richtet sich auf und fällt ihrer geliebten Stute um den Hals.

»Jaaa!!!«, brüllt Jan so laut, dass Almrose den Kopf hochreißt, Weidenkätzen ein paar Schritte zurückweicht und Merry einen erschrockenen Satz macht.

Aber das ist jetzt egal. Am liebsten würde ich Jan und Mia umarmen und mit ihnen durch das schlammige Laub tanzen. Aber das geht leider nicht, weil wir die Pferde festhalten müssen. Stattdessen beobachte ich gebannt, wie Leonie Fanny langsam über die Lichtung zu uns zurückführt. Vera und Wuschel folgen ihnen, aber im Moment registriere ich sie kaum. Ich kann nur auf das schmale blonde Mädchen schauen, das über sein ganzes Gesicht strahlt, obwohl ihm gleichzeitig wieder Tränen über die Wangen laufen.

»Jetzt kann die beiden nichts auf der Welt mehr trennen«, murmelt Jan ergriffen.

Dann sind alle vier sicher bei uns angekommen. Jan drückt mir Almroses Zügel in die Hand und geht auf Leonie zu. Er nimmt sie in den Arm und lobt sie: »Mensch, das hast du gut gemacht.«

»Das kannst du ja wohl laut sagen«, bekräftigt Vera, die gerade hinter den beiden auftaucht.

Und Mia fügt hinzu: »Wenn mir das einer gesagt hätte, als du zu uns gekommen bist, Leonie ... Mit Sicherheit hätte ich kein Wort geglaubt.«

»Ich hab meine Fanny einfach furchtbar lieb«, gesteht Leonie leise.

Tatsächlich braucht es keine andere Erklärung.

»Brrr, allmählich wird mir so was von kalt ...«, beklagt sich Mia leise.

»Kein Wunder, wir sind ja schon seit einer halben Ewigkeit klatschnass«, antworte ich.

Wenigstens haben unsere Pferde sich tapfer über den morastigen Boden bis fast zum Waldrand zurückgekämpft. Fragt sich nur: Wo sollen wir jetzt hin?

Wenn ich ehrlich bin, friere ich auch erbärmlich, und todmüde bin ich außerdem. Den anderen geht es bestimmt genauso. Und wir müssen uns ja auch um den armen Philipp kümmern. Bestimmt sitzt er immer noch mit blutverkrusteten, schmerzenden Händen auf einem Stein am Wegesrand und bibbert vor sich hin.

Doch jetzt reißt mich etwas aus meinen Gedanken: Dadrüben, am Waldrand, ist jemand! Er kommt uns entgegen und den Umrissen nach ist es ganz sicher nicht Philipp. Der Mann ist zwar genauso groß wie unser Kumpel, aber er ist nicht ganz so breit gebaut.

Als wir aufeinander zukommen, erkenne ich, dass er ziemlich schütteres Haar hat. Bestimmt ist er mindestens fünfzig. Und er trägt alte Jeans, ein ziemlich schmutziges T-Shirt und grüne Gummistiefel.

Was will dieser merkwürdige Fremde denn ausgerechnet jetzt von uns?

Wuschel trabt schwanzwedelnd auf ihn zu.

»Na, du Hübscher?«, begrüßt ihn der Mann und krault ihn hinter den Ohren. »Hast dich aber mächtig dreckig g'macht im Moor.«

Woher weiß er denn, wo wir gewesen sind? Aber dann wird mir klar, dass garantiert nicht nur Wuschel total voller Schlamm ist. Der Mann musste wirklich nicht lange raten.

Jetzt geht er auf Vera zu, die Atlanta am Zügel hält.

»Hallo«, begrüßt sie ihn.

»Guat'n Abend, Frau Leitmayr. Mein Name ist Schuhbeck. Ich bin Landwirt auf dem Gaberhellhof dadrüb'n in Putzham.« Er zeigt auf eine Stelle irgendwo jenseits des Waldes.

»Freut mich«, antwortet sie. »Aber woher kennen Sie meinen Namen?«

»Von Ihr'm Sohn, dem Philipp. Ich wollt Ihnen halt sag'n, dass mei' Frau ihn grad zum Arzt fährt«, erklärt er.

»Das ist aber lieb von Ihnen«, seufzt Vera erleichtert. »Ich hab mir solche Sorgen um ihn gemacht. Geht es ihm denn einigermaßen gut?«

»Den Umständ'n entsprechend, ja, würd ich sag'n«, beruhigt er sie.

Sie atmet tief durch. »Gott sei Dank! Aber ... wie haben Sie ihn denn gefunden?«

»Als ich aus dem Kuhstall kam, hab ich den Philipp halt so traurig auf ein'm Stein sitzen seh'n. Da hab ich mir gleich g'dacht, dass was nicht stimmt. Drum bin ich losgegang'n und hab nach dem Jung'n g'schaut.«

Vera nickt.

»Er hat mir g'sagt, dass Sie heut Ab'nd noch zum Mühlberghof woll'n. Aber das schaffen's nie und nimmer. 's wird ja schon bald dunkel. Wenn's mögt, könnt's bei uns übernacht'n. Des is koa Problem, wir hatt'n früher nämlich mal Gästezimmer – Ferien auf dem Bauernhof, Sie wiss'n schon. Und die Pferdl dürf'n auf uns'rer groß'n Wiesn übernacht'n.«

»Vielen, vielen Dank«, erklärt Vera. Ich kann ihr deutlich anhören, dass ihr gerade schon wieder ein Stein vom Herzen gefallen ist.

»Dann kommt's mal mit.« Er dreht sich um und stapft uns voraus.

Langsam reiten wir hinter ihm her. Als wir den Waldrand erreichen und links von uns tatsächlich ein paar Bauernhöfe in den Wiesen liegen sehen, überkommt mich endgültig ein Gefühl der Erleichterung.

Es ist gar nicht mehr so weit bis zum Gaberhellhof, aber wir sind fix und fertig, als wir dort ankommen. Dennoch geben wir erst mal unseren Eltern per Handy Entwarnung wegen des Unwetters. Dann müssen wir uns um die Pferde kümmern, nämlich absatteln, die Hufe auskratzen und ihre Körper nach Verletzungen untersuchen, sie tränken und dann auf die Weide lassen. Anschließend wanken wir todmüde ins Haus.

Zum Glück dürfen wir erst mal eine lange, heiße Dusche

nehmen. In den ehemaligen Gästezimmern können wir das sogar alle gleichzeitig machen. Außerdem leihen uns die netten Schuhbecks ein paar Kleider von ihren erwachsenen Kindern.

Als Philipp mit verbundenen Händen aus der Notaufnahme des Krankenhauses zurückkommt, haben wir uns schon zum Abendessen um den großen Küchentisch gequetscht. Ein Weilchen sitzen wir noch da und essen und reden. Aber Leonie schläft irgendwann fast ein und so verabschiedet sie sich als Erste. Dass Jan uns kurze Zeit später Gute Nacht wünscht und Mia ihm wenig später folgt, kriege ich kaum mit, weil ich auch schon vor mich hin döse.

Ein Stupser mit dem Ellenbogen weckt mich. »Du hast lange genug auf der Küchenbank geschlafen«, meint Vera lächelnd. »Jetzt geht's ab ins Bett!«

Gähnend reibe ich mir die Augen, murmele: »Ist ja gut«, und zwinge mich zum Aufstehen.

»Vielen Dank für Ihre Hilfe. Sie sind echt lieb«, sage ich noch zu den Schuhbecks. Dann humpele ich zur Küchentür und schleppe mich die Treppe hoch in den ersten Stock.

Mein rechtes Bein muss einen saftigen Tritt abbekommen haben, denn jeder Schritt tut ordentlich weh.

Aber nach allem, was heute passiert ist, kann ich das im wahrsten Sinne des Wortes gut verschmerzen.

Als ich die letzten Stufen erreicht habe, bleibe ich erschrocken stehen. Vor mir, im nur vom Mondlicht beschienenen Flur, hockt Mia auf einer hölzernen Bank.

Sie weint sich ja fast die Augen aus dem Kopf!

Philipp sitzt neben ihr. Er hat ihr den Arm um die Schultern gelegt und streichelt ihr liebevoll mit seiner verbundenen Hand über den Rücken.

Trotzdem wirkt Mia so verzweifelt, wie ich sie noch nie gesehen habe.

»Was ist denn los?«, frage ich hilflos.

»Leonie ...« Mias Stimme zittert so, dass ich sie kaum verstehen kann. »Und ... Jan ... geküsst.«

Das darf ja wohl nicht wahr sein!

Schlagartig bricht in mir eine Welt zusammen. Ich bin so geschockt, dass mir die Knie weich werden und ich auf die oberste Treppenstufe sinke. Meine Gedanken beginnen zu rotieren.

Ausgerechnet Leonie, dieses kleine, furchtsame Wesen.

Dann packt mich die Wut.

Was hat sie, das ich nicht habe? An ihr ist doch absolut nichts Besonderes, außer ihrer doofen, total übertriebenen Angst.

Was soll ich denn jetzt bloß machen?

Nun kommen auch mir die Tränen. Nur gut, dass Philipp wohl nur meine Umrisse sehen kann und Jan und Leonie im zweiten Stock schlafen. Dadurch kriegt niemand so richtig mit, was für ein Drama sich hier abspielt.

Eine Weile ist es beinahe still. Nur Mia schluchzt immer noch leise vor sich hin. Und ich hab mich irgendwann soweit beruhigt, dass ich aufstehe, Licht mache und mich vor den beiden auf den Fußboden hocke.

Mein Gott, die arme Mia sieht wirklich furchtbar aus. Sie muss total am Ende sein.

Unsere Streitigkeiten sind plötzlich Nebensache. Sie tut mir viel zu leid, als dass ich über diesen blöden Kleinkram noch nachdenken möchte. Außerdem sitzen wir jetzt sowieso im gleichen Boot!

»Ich weiß, wie's dir geht«, meint Philipp, als sie sich nach einer Weile endlich ein bisschen beruhigt. »Wenn man in jemanden verknallt ist, der sich für einen anderen interessiert … Also, das ist echt die Hölle!«

Schniefend wischt Mia sich über die Augen. »Du? Verliebt? Das hätt ich nie gedacht.«

»Ich auch nicht«, gebe ich zu.

»Wer … ist es denn?«, fragt Mia, immer noch von Weinkrämpfen geschüttelt. »Vielleicht … kann ich dir ja helfen. Ich meine, sie … muss bestimmt nur auf dich aufmerksam werden … wo du …«

Sie kramt in der Tasche ihrer Hose, findet kein Taschentuch und zieht kräftig die Nase hoch. »Wo du doch so gut aussiehst und … und überhaupt so ein toller Kerl bist.«

Weil sie beim Reden traurig den Kopf hängen lassen hat, ist ihr gar nicht aufgefallen, dass Philipp dunkelrot geworden ist. Der Ausdruck, mit dem er sie ansieht, diese Mischung aus tief beschämter Hilflosigkeit und unendlicher Zärtlichkeit, spricht mehr als tausend Worte. Mit einem Schlag wird mir völlig klar, in wen der arme Philipp sich verliebt hat … Ich weiß nicht, was ich jetzt machen soll.

Doch ziemlich schnell komme ich zu dem Schluss, dass Schweigen jetzt eindeutig die falsche Lösung wäre.

Aber ich muss erst mal tief durchatmen. Was ich sagen will, kostet mich nämlich total viel Mut. Denn wenn ich es ausgesprochen habe, wird Philipp vielleicht sauer auf mich sein.

»Äh, Mia«, beginne ich schließlich. »Das Mädchen, das bestimmt nur auf ihn aufmerksam werden muss, bist du selbst.«

Sie hebt den Kopf und starrt ihren alten Kumpel mit großen Augen an. Fast sieht es so aus, als hätte sie ihn überhaupt noch nie richtig angeschaut.

Philipps Gesicht wird noch dunkler. Noch nie hab ich jemanden derart rot werden sehen.

»Du?«, fragt sie fassungslos. »Warum hast du mir denn nie was gesagt?«

»Ich hab's doch auch erst gemerkt, als dieser blöde Jan bei uns aufgetaucht ist und du ... und du ihn angeschaut hast, als wäre er Superman persönlich«, gesteht er.

»Mannomann.« Nun ist es Mia, die Philipp in den Arm nimmt. Sie presst ihr Gesicht an seine Schulter und fängt schon wieder an zu flennen.

Ratlos schaut er auf sie hinunter, dann beginnt er, schüchtern ihr Haar zu streicheln. Und schließlich drückt er ihr ganz vorsichtig einen Kuss auf die Stirn.

In dieser Nacht liege ich noch lange wach, immer wieder beginnen mir die Tränen über die Wangen zu laufen. Aber wenigstens hat sich Mia, die neben mir im Doppelbett liegt, in den Schlaf geweint. Während ich durch das Fenster auf die letzten ziehenden Wolken schaue, die manchmal einen Blick auf die Sterne freigeben, legen sich meine Enttäuschung und meine Verwirrung ganz langsam. Allmählich mir wird klar: Okay, ich hab mich in Jan verknallt. Aber so bis über beide Ohren in ihn verliebt wie die arme Mia – nein, das bin ich nun doch nicht. Darüber kann ich echt froh sein. Vielleicht komme ich so ja leichter über ihn hinweg als sie. Auch wenn es mir immer noch schwer genug fallen wird.

Mit einem Seufzer ziehe ich meine Decke ein bisschen höher und wische mir übers Gesicht.

Was heute so alles passiert ist ... Eigentlich kann ich ja

froh darüber sein, dass im Grunde alles gut gegangen ist. Immerhin haben wir ein gefährliches Gewitter überstanden. Und wir haben Fanny unversehrt wiedergefunden. Leonie hat jetzt bestimmt endgültig ihre Angst vor Pferden überwunden, und daran sind Mia und ich ja wohl nicht ganz unschuldig. Ihre Mutter wird überglücklich sein. Trotzdem hab ich wegen Jan eine ungeheure Wut auf sie. In den nächsten Tagen wird es mir mit Sicherheit höllisch schwerfallen, freundlich zu ihr zu sein. Und ich hab keine Ahnung, wie Mia das schaffen soll.

Vorsichtig drehe ich mich auf die Seite und schaue meine Freundin an.

Da liegt sie. Ich müsste nur die Hand ausstrecken, um sie zu berühren. Sie hält ihr Kissen ganz fest im Arm, fast so, als würde sie das irgendwie trösten. Obwohl sie tief und fest schläft, zuckt ab und zu immer noch ein leises Schluchzen durch ihren Körper.

Wir beide sind echt arm dran, stelle ich fest und seufze leise. Philipp übrigens nicht weniger. Warum ist die Welt nur so ungerecht?

Oh nein, ich muss schon wieder flennen! Schnell drehe ich mich auf den Bauch und drücke mein Gesicht in das Kissen, damit ich Mia nicht aufwecke.

Doch als ich mich wieder halbwegs beruhigt habe, wird mir etwas Überraschendes klar: Mia und Philipp könnten doch noch eine Chance haben. Nicht heute und nicht morgen, sondern irgendwann, wenn Mia über ihren Liebeskummer wegen Jan hinweggekommen ist. Einen besseren als Philipp könnte sie nämlich nicht finden. Die beiden passen einfach zusammen. Darum werde ich alles tun, damit sie auch wirklich zusammenfinden.

Das tröstet mich ein bisschen. Und so überkommt mich doch noch die Müdigkeit. Mein letzter Gedanke, bevor ich einschlafe, ist: Die nächsten Monate auf dem Reiterhof Glückstal werden bestimmt sehr spannend ...

Ilona Einwohlt

Erdbeersommer

Erdbeerwettessen mit Kumpel Finn, Tagträumen in den Dünen mit ihrer besten Freundin Mareike und lange Ausritte auf dem geliebten Schimmel Hauke – Liv freut sich riesig auf die Ferien an der Nordsee! Auf dem Pferdehof ihrer Tante kann der Sommer nur perfekt werden. Als sie dann auch noch Jan kennenlernt, schlägt nicht nur ihr Pferdeherz höher. Auch wenn den Fußballstar und Mädchenheld sonst keiner so wirklich leiden kann, ist Liv sofort bis über beide Ohren verliebt. Doch Jan scheint ein Geheimnis zu haben, über das niemand im Ort reden will. Erst bei einem Ausflug ins nebelige Watt kommen Dinge ans Licht, mit denen Liv nie gerechnet hätte.

Arena

Auch als E-Book erhältlich

232 Seiten • Gebunden
ISBN 978-3-401-60256-1
www.arena-verlag.de

Ilona Einwohlt

Wild & Wunderbar

Zwei Freundinnen gegen den Rest der Welt

Als Shark alias Sophie Hyazinth Amanda Ricarda Kornelius in der Wohnung unter ihr einzieht, steht Linns Welt Kopf. Denn die Neue sieht obercool aus mit ihren bunten Leggings und der karierten Haarsträhne und ist nie um einen frechen Spruch verlegen. Schon immer hat Linn sich eine Freundin gewünscht, die so selbstbewusst ist wie Shark. Nur wie soll sie es anstellen, dass die beiden Freundinnen werden? Sie, die schüchterne Linn, die täglich von der Mobbing-Clique drangsaliert wird? Doch Linn weiß noch nicht, dass auch Shark ganz dringend eine echte Freundin braucht ...

240 Seiten • Gebunden
ISBN 978-3-401-60430-5
www.arena-verlag.de

Margot Berger

Reiterhof Birkenhain

Ein Pferdesommer voller Abenteuer

Gespenstische Zwischenfälle auf Birkenhain jagen Conny, Louisa und Jule große Angst ein. Und dann droht auch noch der Verkauf des Reiterhofs! Fällt den Freundinnen auch diesmal eine rettende Lösung ein? Wird es ein Happy End für die Mädchen und ihre Pferde geben? Enthält die Bände »Spuk im Stall« und »Ende für die Reitschule?«

Arena

304 Seiten • Gebunden
ISBN 978-3-401-45466-5
www.arena-verlag.de